ÉMILE GOUDEAU

FLEURS DU BITUME

PETITS POËMES PARISIENS

LES ROMAINES. — CHAVIRETTE.

CUEILLETTE SUR L'ASPHALTE. — LES GRECS.

SAISON DE SPLEEN. — SIFFLÉ!

PARIS

ALPHONSE LEMERRE, ÉDITEUR,

27-31, PASSAGE CHOISEUL, 27-31

M DCCC LXXVIII

FLEURS DU BITUME

PETITS POËMES PARISIENS

ÉMILE GOUDEAU

FLEURS DU BITUME

PETITS POËMES PARISIENS

LES ROMAINES. — CHAVIRETTE.

CUEILLETTE SUR L'ASPHALTE. — LES GRECS.

SAISON DE SPLEEN. — SIFFLÉ!

PARIS

ALPHONSE LEMERRE, ÉDITEUR,

27-31, PASSAGE CHOISEUL, 27-31

M DCCC LXXVIII

LES ROMAINES

LES AFFRANCHIES.

I.

Les voyez-vous passer, les belles affranchies?
Sur les chemins sablés et les routes blanchies,
Que l'esclave arroseur humecte à longs jets d'eau,
Leurs chars à huit ressorts volent, et le badaud
Lutécien s'écrie: Oh! la belle païenne!

Elles suivent au trot la voie Elyséenne,
Derrière elles laissant le vieux palais des rois,
Et le Forum couvert où l'on fit tant de lois;
Elles montent, lançant des œillades de Parthe,
Jusqu'à l'Arc Triomphal de César Bonaparte.
O Romains de Paris, regardez-les de loin
Passer dans leur orgueil, le fouet d'ébène au poing

On dirait qu'à l'appel de ces belles auriges
Sont descendus des vieux bas-reliefs les quadriges
Que sculpta dans le marbre un fèvre Ausonien;
C'est ainsi qu'elles vont au bois Boulonien
Respirer le printemps. La porte Maillotine,
Large, s'ouvre devant leur foule libertine;
Bientôt par les sentiers, sous le grand soleil d'or,
On les voit persiller autour du lac major.

Parfois, croisant leur char, quelque pubère équestre
Leur envoie un salut amical de la dextre;
Tandis qu'un sénateur, un consulaire, un vieux
Tribun, en tapinois les dévore des yeux.
Oh! Vénus a donné le charme à ses prêtresses!
Dans leurs cheveux, on sent le souffle des caresses
Agiter les grands plis du long voile fuyant;
Leurs yeux sont agrandis par le Kold-Indian;
Comme un couple rival des aurores vermeilles,
Deux perles de l'Assur brillent à leurs oreilles;
Sous le peplum brodé, ces guerrières d'amour
Ont enfermé leurs seins candides; et c'est pour
Couvrir leurs flancs qu'avec des mains endolories
Le Sère de Lyon a tissé des soiries,
Et que le Celto-Belge a cultivé le lin :
Les voyez-vous passer dans leur luxe divin!

Méherculé! pourtant, elles furent esclaves!
Des sabots de noyer leur servirent d'entraves,

Et dans le dur sayon de toile, leurs appas
Sirénéens étaient comme s'ils n'étaient pas.
On les voyait, parmi les plaines de la Gaule,
Tenant entre leurs doigts une branche de saule,
Mener paître le long des fossés, pataugeant,
Ou l'ovine famille ou la porcine gent.
Climène, dont raffole une tête à couronne
Princière, au temps défunt, servait une matrone :
Vestale de cuisine, avec son regard bleu
Au fond d'un sous-sol gras elle guettait le feu ;
Cinthia, le plus beau facies de Minerve,
Toute enfant, s'en allait, pauvre mignonne serve,
Percer de son aiguille un tissu Syrien,
Qu'elle achète aujourd'hui pour un peu moins que rien ;
Araminte, une brune, et Lesbie, une blonde,
Portaient jadis son linge à Monsieur Tout-le-Monde ;
Temps funeste ! où Chloé, suppôt de Cupidon,
Pour son père Cerbère a tiré le cordon.

Mais toutes, comme on chasse une bête importune,
Ont oublié le temps de mauvaise fortune,
Et boivent le plaisir à bouche que veux–tu.
Honni soit l'esclavage affreux de la vertu,
Le cachot du devoir, le verrou de la vierge !
Sur l'autel de Vesta laissons fumer le cierge
Et s'éteindre ; évohé ! d'un bond prodigieux
Elles montent au haut du destin, vers les cieux
Étincelants de la richesse et de la vie,

Où la soif de jouir est enfin assouvie.
Adieu la pauvreté! les beaux jours sont venus!
Minerve est une sotte, évohé pour Vénus!
Plus de pain bis, de lait tourné, de beurre rance!
Une chaîne, pudeur! impudeur, délivrance!

Maintenant, tu ne peux les poursuivre, ô Remords!
Elles ont pour te fuir leurs chars à huit ressorts,
Et les fougueux coursiers de la grande Bretagne!
La Renommée avec sa trompette accompagne,
Car elles ont soumis les plus lointains préteurs,
Et les patriciens, et les purs dictateurs,
Et jusqu'aux fils de rois des vieilles monarchies...
Les voyez-vous passer, les belles affranchies?

I.

DONUM CÆLESTE, COLUMBÆ!

Un jour, songeant tout bas à ma chère profane,
J'errais silencieux le long de la Séquane.
Un spectacle naïf et très-vieux m'occupait:
Trois plébéiens penchés le long du parapet,
Et deux guerriers gaulois rutilants sous leurs braies
Teintes par le murmex de la couleur des plaies,

Regardaient un pêcheur qui regardait les eaux.
Tout à coup j'entendis un gazouillis d'oiseaux
Très-confus et perdu parmi ce bruit de houle
Que la reine du monde éternellement roule.
D'où venait ce concert étrange? — Sur le seuil
D'une boutique, près d'un porche plein d'orgueil,
Mille oiseaux caquetaient dans des cages bien peintes ;
Une marchande à l'œil morne, aux lèvres éteintes,
Aux noirs ongles crochus, vendait ces prisonniers.
Or en ma marsupie erraient quelques deniers,
De sorte qu'une idée étonnamment païenne
Me saisit, et j'entrai chez cette plébéienne.
Me voyant, les oiseaux se mirent à crier :
Puit! Puit! Puit! disaient-ils, comme pour me prier,
O, î, ô, tirez-nous, la, ut, la, de nos tombes!
Moi, sans les écouter, j'achetai deux colombes,
Albes pareillement avec des amours d'yeux,
Et telles que l'on doit les consacrer aux dieux.
Je m'enivrais alors du culte d'Aphrodite,
La blanche déité, nue, aimée et maudite.
Le culte avait pour temple un nid joyeux et fol
Situé voie Haussmann à vingt marches du sol :
Là vivait, sous le calme obscur du sanctuaire,
Dans le costume et la pose du rituaire,
Ma Lesbie, occupée à perdre son latin
En lisant dans un jeu de cartes le destin.
O doux rêve, ô Lesbie, ô ma ci-devant vierge!
Dans l'atrium un vieil esclave de concierge

Esquisse gouailleur un sourire indulgent
Aux colombes ; mais nous, roucoulant ou songeant,
Nous passons tous les trois dans notre orgueil classique ;
Et grave je montai, sur le tapis persique
Silencieux et doux, les vingt marches, et puis
Je pressai le signal de cuivre à travers l'huis.
Une esclave assez laide ouvrit, et sa prunelle
Froide ayant reconnu ma face solennelle,
Je pus bientôt fouler le parvis du lieu saint,
Où, faible, tournoyait un parfum presque éteint.
Sur le sacré foyer où les tronçons d'un arbre
Se tordaient dans la flamme, une Vénus de marbre,
Superbe entre les deux grands flambeaux ciselés,
Levait son front vers les Olympes exilés ;
Toute nue et sans bras ; mais l'on pouvait comprendre
Que la victorieuse a mieux pour se défendre ;
Et moi, plaçant mes deux colombes au-dessus
De ma tête je dis : « Par les rêves déçus,
« Et les illusions mortes dans la détresse,
« Salut à toi, Vénus ! salut à toi, prêtresse !
« Salut ! ayant marché longuement, pèlerin
« Jamais las de ton culte, Aphrodite sans frein,
« Je viens te consacrer ces deux blanches colombes,
« Toi qui n'as jamais bu le sang des hécatombes,
« Pour que, dès les premiers rayons du jour, leurs voix
« Te roucoulent un chant rude et doux à la fois ! »
Ayant dit, je lâchai mes oiseaux qui s'enfuirent
Vers le sein de Lesbie, où mes vœux les suivirent,

Mais elle, connaissant les rites, les baisait
Sur leurs becs cajoleurs que sa lèvre grisait.
Puis, pour fêter l'amour que Bacchus accompagne,
Nous répandîmes du Falerne de Champagne
Avec des truffes ; et le soir sacramentel
Ayant fait le mystère et l'ombre, sur l'autel
Nous dîmes à Vénus l'ardente litanie,
Que rhythmaient des sanglots de ferveur infinie.

A l'aube je m'enfuis hors du temple d'amour,
En jurant par le dieu du Styx un prompt retour ;
Mais la muse m'ayant appelé pour me dire
Des chants austères sur un air savant de lyre,
Je manquai de parole, et, dévot oublieux,
J'errai jusqu'à la fin du mois loin de tes yeux,
O ma Lesbie. — Un soir je reçus des tablettes
Exhalant un parfum vague de violettes.
La prêtresse écrivait au prêtre : « Homme inouï,
« Si tu ne veux pas être à tout jamais haï,
« Viens dîner voie Haussmann, et porte deux entrées
« Pour le cirque (*Panem et circenses :* les vraies
« Romaines vont toujours voir les gladiateurs,
« Et les athlètes nus aux torses séducteurs). »
Il fallait obéir, j'obéis ! — Les victimes
Ne se doutent jamais qu'on les mène aux abîmes !
Lesbie, en m'accueillant sur le seuil, me sourit
D'une façon bizarre et fausse ; mon esprit,
Sans doute oblitéré par les parfums du temple,

Ne sut rien deviner ; et ce fut d'un pas ample
Et noble que j'entrai. Du haut du piédestal
La Vénus me lança son regard de métal
Avec une incroyable énigme de menace ;
Mais je ne compris point. Je m'assis à ma place,
Et sous les grands flambeaux ruisselants de clartés,
Passèrent dans des plats très-vaguement sculptés,
Les mets dont je mangeais sans savoir quoi : ma bouche
Dix fois plus que la chair aime le vin farouche,
Et cent fois plus encor que le vin, les baisers.
Or Lesbie était belle, et de mes doigts osés
Je voulus dénouer largement sa tunique,
Mais Lesbie éclata d'un rire sardonique,
Rire fou, qui perlait, vibrait et résonnait ;
Puis, me voyant tout pâle, elle s'arrêta net,
Et dit : « Vois ces débris ! nos ventres sont les tombes
« Du don céleste fait à Vénus, les colombes ! »
J'avais mangé les deux oiseaux divins ! Horreur !
Heu ! les yeux de l'idole éclataient de fureur,
Les bras absents semblaient se dresser avec rage ;
Je me levai, tournant comme un loup dans sa cage :
Pardon ! criais-je. — Et la Vénus disait : Non. —

                                        — Moi !

Le dernier survivant des fils du Peuple-Roi,
Le dernier sectateur du Paganisme antique
Le seul adorateur de Vénus impudique
L'unique spécimen d'un passé regretté,

Moi, prêtre d'Aphrodite ! — O fatum détesté !
Moi qui n'ai jamais bu le sang d'une hécatombe,
J'avais mangé l'oiseau de Vénus, la colombe ! !
Lesbie, elle ! riait d'un rire fou. Toujours,
Prêtresse de Plutus plutôt que des amours,
Toi qui m'as fait commettre un forfait, sois maudite !

Car depuis j'ai subi la haine d'Aphrodite.

CHAVIRETTE.

Chavirette est rentrée : elle est lasse. — Après tout,
Quand l'aile du brouillard vous apporte le rhume,
On peut bien être prise une fois de dégoût
Pour cette faction longue sur le bitume. —
Elle est fille de joie : elle va, puis revient
Sur un trottoir, et l'œil des argousins la couve ;
Elle dit : Joli brun !... ou Beau blond !... Elle trouve
N'importe qui ; son coude a de la glu qui tient.

Enfin elle est rentrée. Elle veut rêver seule,
Sur quoi ? sur rien : le spleen, le dégoût indistinct.
Ceux qu'un destin maudit écrase sous sa meule
Ont les inconscients soubresauts de l'instinct,
Gestes de naufragés que l'abîme enlinceule.
Or les femmes qu'on voit très-dures aux vrais maux,
Ont une source immense en leur âme craintive :

Sentimentalité niaise et maladive,
Et quand le cœur est plein, il déborde en sanglots.

Et seule, elle se mit à pleurer, Chavirette.
Pourquoi? pour rien : ses jours se ressemblent entr'eux ;
Et, dans le cadre noir, au-dessus de sa tête
Son portrait rit encor du même rire affreux
Entre deux tableautins obscénement fiévreux.

Pauvres anges déchus ! pauvres êtres infâmes !
Pauvres corps profanés qu'on n'ose appeler femmes !
Violons ou plutôt guitares de l'amour,
Dont l'âme, dont le corps, dont tout l'être est en proie
Au premier qui vous dit : Voilà ton pain d'un jour !
C'est vous que le passant nomme filles de joie.

La joie ! oh ! ce vieux mot patricien rugit
D'un tel accouplement sale et démocratique ;
Mettre pareille enseigne à semblable boutique !
Est-ce que l'on dit joie en place de : Ci-gît ?
Joie ? assouvir l'ardeur de toutes les Sodomes !
Joie ? abreuver la soif de toutes les rogommes !
A cette heure farouche où l'ivrogne mugit,
Quelle joie est-ce donc d'être une auge pour hommes ?

Dites, vous souvient-il parfois du temps défunt,
Quand vous aviez la chasteté comme un parfum,
Et dans un corps brûlé de hâle une âme blanche ?

Voyez-vous pas encor dans le lointain profond
Un fantôme qui sur votre couche se penche,
Effleurant d'un baiser maternel votre front ?
Vous souvient-il encor, quand venait le dimanche,
Comme, le nez au vent, et le poing sur la hanche,
A travers la pelouse on s'élançait en rond ?

Ah ! bast ! C'est déjà vieux comme une vieille lune
Ces rondes, ces baisers ! une mère ! oh ! là, là !
Elle a pour vous l'aspect d'une main importune
D'où l'ouragan maudit des taloches grêla.

Songez peut-être au temps où commença de battre
Votre cœur. A seize ans, que diable, on a l'amour !
L'hiver, un jeune gars venait au coin de l'âtre,
Et vous prenant la main il vous faisait la cour.
Mais vous vous moquez bien de ce coq de village :
Au treizième de ligne, il est resté tambour,
Et, bien qu'il vous eût dit d'attendre son retour,
Il ne reviendra pas, — vous encor moins, je gage.

Soit ! — Vous êtes venue à Paris ; sous les toits,
Une machine à coudre, acquise à tant par mois,
S'efforçait de payer les termes du concierge,
Et le maigre repas de l'ouvrière vierge :
C'est alors que le diable a fait valoir ses droits.
Dites, vous souvient-il de l'amour primevère,
Du jeune homme qui sut vous attendre longtemps ?

Ah! souvenir lointain: même cœur, même verre,
Pour comble de bonheur, même âge, dix-huit ans!
—N'aimer qu'un seul amant pour la vie, est-ce un crime?
Mais après celui-là, combien d'autres? L'abîme
S'entr'ouvrait sous vos pieds, marcheurs insoucieux,
Et vous dégringoliez, comme un ange sublime
Qui pour gagner l'enfer s'élancerait des cieux.
Les remords s'envolaient au vent des amourettes,
La folie en dansant agitait ses grelots,
Et vous n'entendiez plus que les gammes clairettes
Du rire, ce fatal précurseur des sanglots.

Maintenant c'est fini, pleurez, votre âme est morte,
Et votre corps souillé comme un haillon baveux;
Il vous manque des dents et votre haleine est forte,
Vous avez trop de rouge et trop peu de cheveux;
Vous étiez la maîtresse, et vous êtes l'esclave,
L'esclave des désirs abjects et repoussants;
Dans la rue, à minuit, vous hélez les passants,
Et du premier venu vous essuyez la bave!
Or quel âge avez-vous? pas encor vingt-six ans!

Eh bien non, ce n'est pas pour cela qu'elle pleure.
Son enfance, ni son fiancé, ni l'amant,
Ni la honte où sa vie entière se défleure,
Ne lui causent souci, ni rêve, ni tourment.
Cette fille n'a plus de cœur et plus de tête,
Plus de cœur pour sentir la profondeur du mal;

Plus d'esprit pour en rire, elle a la douleur bête,
Car tout est mort en elle excepté l'animal.

Comme l'âne très-vieux, très-sourd, très-las, très-lâche,
En souvenir des coups garde un œil attendri,
Comme l'arbre tombé sous les coups de la hache
Semble saigner et dont les branches ont un cri;
Elle a l'instinct et les ressentiments moroses,
La lamentation de tout ce qui périt,
Et ses pleurs sont pareils à la plainte des choses.

Peut-être je vous plains, mais aussi je vous hais,
O Ninon du trottoir, ô Phryné vénéneuse.
Vous rendez largement les maux qu'on vous a faits,
Vos baisers sont malsains, et votre âme haineuse.
Il faut, pour vous parler avec quelque amitié,
Être plus vieux et plus jeune qu'un patriarche.
Le mal ne fait jamais pas les choses à moitié :
Si l'on remue un peu cette fange qui marche,
Le dégoût vient au cœur et chasse la pitié.

Amis, pardonnez-moi de conter une histoire
Aussi sotte qui tombe en pur galimatias;
Mais je l'avais connue au beau temps de sa gloire,
Et je l'aimais encor vaguement de mémoire...
C'est horrible, aujourd'hui de la savoir si bas!

CUEILLETTE SUR L'ASPHALTE

EXERGUE.

On ne vit que d'espoir, d'illusion, d'amour.
L'espoir à chaque pas diminue ou s'envole;
L'illusion s'effeuille et tombe sans retour;
Quant à l'amour, c'est une ancienne faribole :
Dans le verre banal de la grosse gaieté,
On ne boit désormais qu'un amour frelaté...
Les vieux vins ne sont plus, le gros bleu te console,
  O pauvre, pauvre humanité !

LE SENTIER DU SOUVENIR.

O sentier, te voilà vêtu de fleurs fanées
Dont les vagues parfums s'exhalent affaiblis;
Les nids, déserts depuis le départ des années,
Dans le creux des buissons, dorment ensevelis;

Les collines au loin se dressent, couronnées
De la brume qui roule et s'allonge en leurs plis;
Des ruines sont là, de lierre environnées,
Et sous mes pieds, des champs que le deuil a remplis.

Paysage d'automne, où règne le silence,
Où, dans le brouillard bleu, le rêve se balance,
Ce sont les jours passés où je veux revenir!

J'ignore si le temps, ce peintre prismatique,
Sait rendre le lointain des ans plus poétique,
Mais tu me plais toujours, sentier du souvenir!

EN REGARDANT LES ÉTOILES

DU BOUT DUN MIRLITON.

Une nuit d'août, à ma fenêtre,
Je respirais l'air peu champêtre
Que Dieu distribue à Paris,
Et je voyais, vives ou lentes,
Passer les étoiles filantes
Sur les zodiaques surpris.

Sans doute les houris s'amusent
A voir si leurs diamants s'usent
A rayer la glace des cieux ;
Elles y tracent, ces commères,
Les arabesques éphémères
De nos amours capricieux.

Sous le ciel de lit immobile,
La passion s'allume et file
Pour disparaître sans retour.
Quand donc, en un ciel moins prolixe,
Trouverai-je une étoile fixe,
Une étoile fixe d'amour?

CHANT D'AMOUR BRUTAL.

Quand le dernier tissu de fine broderie
Descend de ton épaule et découvre tes seins,
Lorsqu'il tombe à regret de ta hanche nourrie
Et s'attarde à voiler la courbe de tes reins,
Quand tu laisses jusqu'à tes pieds choir la batiste,
Sans faire un mouvement, sans prononcer un mot,
On croirait voir surgir quelque rêve d'artiste,
Du sein pâle et veiné d'un marbre sans défaut.

Le marbre se fait chair, et tu redeviens femme,
Et d'un geste coquet relevant tes cheveux
Tu fais de ton regard étinceler la flamme
Et tu te jettes toute entre mes bras nerveux.
Je te tiens, laisse-moi sur ta gorge et tes lèvres
Par des baisers brûlants et forts comme le vin,

Puiser la folle ardeur des amoureuses fièvres ;
Laisse-moi m'enivrer à ce contact divin.

Ah !.. mon cœur bat, ma bouche est aride, altérée ;
Autour de moi, tout fuit ; non, rien n'existe plus
Que le rouge qui monte à ta joue empourprée,
Et les tressaillements lascifs de tes seins nus !
Rien ! rien, sinon les mots que ta bouche murmure
A l'heure où le plaisir luit en tes yeux mi-clos,
Quand je vois ondoyer ta blonde chevelure,
Et ton cœur se pâmer en de joyeux sanglots !

Encor ! je veux encor te revoir ! que m'importe
Mes amis d'autrefois, mes rêves de demain?
A peine ai-je fermé derrière moi ta porte,
Lorsque j'ai fait cent pas, dix pas sur le chemin,
O Mia, je voudrais revenir à ta bouche
Puiser ce doux poison d'amour et de plaisir !
A ce souvenir seul, loin de toi, sur ma couche,
Je me tords dans l'angoisse infâme du désir.

AUBADE-SOLO.

Quand je me coucherai dans le cercueil étroit,
Mia ! je n'aurai plus penser ni remembrance
Du temps de la jeunesse où j'allais comme un roi,
Égrenant, sans compter, la force et l'espérance,
Et faisant de ma vie une bague à ton doigt.

Mia ! je n'aurai pas sous les planches funèbres
Ta vision aimée et rayonnante au fond
De l'âpre solitude et des âpres ténèbres ;
Mais j'aurai de hideux helminthes, qui me font,
D'y penser seulement, frissonner les vertèbres.

Je n'aurai plus tes yeux, ô·Mia ! pour soleil,
Je n'aurai plus ta voix pour musique céleste,

Je n'aurai plus l'éclat de ton rire vermeil,
Je n'aurai ni la gorge ardente, ni le reste,
Et je m'endormirai sans espoir de réveil.

Puis donc que ce matin je me sens plein de vie,
Ne me boude point trop, princesse des printemps,
Si, me laissant guider où l'amour me convie,
De ta bouche entr'ouverte à tes seins éclatants
Vole pour t'éveiller ma lèvre inassouvie.

MATINES.

Midi ! midi ! midi ! midi !
Est-ce un dimanche ? est-ce un lundi ?
Un mardi ? voire un mercredi ?
Jeudi ? vendredi ? samedi ?
Je ne sais pas : midi ! midi !

Entre tes bras la nuit câline,
Inapaisable Messaline,
Devrait ne finir point du tout.
Douze fois je maudis l'horloge,
Dont la voix brusque me déloge,
Et me dit douze fois : debout !

Bast ! les persiennes sont closes,
Et les opaques rideaux roses

Prolongent la nuit dans le jour,
De mon erreur sois la complice....
Encore sur ta gorge lisse,
Encore un long baiser d'amour !

Ceux qui n'aiment pas, noirs adeptes
D'un tas de gagne-pain ineptes,
Préfèrent le grand jour vermeil.
Qu'importe, ô chère sommeilleuse ?
Pour les amants une veilleuse
Vaut cent fois mieux que le soleil.

Mais le tumulte de la ville,
D'une manière peu civile
Dans notre temple s'introduit.
Encore un baiser sur ta bouche.
Vois ! la réalité farouche
Emporte nos rêves de nuit.

Dimanche ?... Jeudi ?... Samedi ?
Je ne sais pas : déjà midi !

AUX YEUX VERTS.

Vous êtes, mon amour, comme une citadelle
Escarpée, où jamais la garnison ne dort :
La place a des fossés fabuleux autour d'elle...
Pour passer et pour vaincre, il faudrait un pont... d'or.

Vous êtes, mon amour, le beau poisson mystique,
Qui fuit, vient, et s'approche et s'éloigne du bord,
Mirant sa blonde écaille au miroir aquatique...
Pour le prendre, ô pêcheur, il faut un filet... d'or.

Vous êtes, mon amour, l'oiseau bleu qui s'élève
Dessinant les zigzags trompeurs de son essor
Sur le fond étoilé de l'azur de mon rêve...
Pour l'atteindre, ô chasseur, il faut des flèches.... d'or.

Vous êtes, mon amour, comparable à l'hermine
Qui ne veut point tacher sa robe, blanc trésor,
Qui fuit avec horreur tout ce qui contamine,
A moins que ce ne soit une souillure... d'or.

Mais mon amour est belle ! et Dieu sait si les perles
Font bien à son col blanc, charme du flirtador.
La colombe de nuit laisse siffler les merles !
Elle attend le prodigue et tuera le veau... d'or.

A CELLE QUI A LES YEUX VERTS.

Pauvre enfant au cœur dur, aux rêves sans espoir,
Que l'or a façonnée ainsi qu'un ostensoir
Vide ! Tu fus créée en un jour de colère
Avec les éléments que rien de chaud n'éclaire :
Avec la froide nuit et le froid océan,
Pour apparaître ainsi qu'une œuvre de néant.
Non ! tu n'existes plus ! Qu'est-ce qu'un clair de lune
Qui passe et qui s'éteint sans qu'on en trouve aucune
Trace dans les regards des mortels effarés,
Sur qui l'ombre suspend ses longs voiles sacrés !
Pâle évocation qui sous les feuilles rôde ;
Fantôme ouvrant des yeux bizarres d'émeraude,
Pleins de regards félins ! Mort aux audacieux
Qui t'osent regarder en face dans les yeux !

Mort à moi! Désormais fantôme, idole! idole!
Je m'enfuirai tout seul sans demander l'obole
De bonheur que l'Enfer doit à tous ses enfants,
Loin des adorateurs et loin des triomphants,
Ayant mis sur mon cœur une ironie amère,
Comme un linceul sur un cadavre de chimère;
Jusqu'au jour où lassé de l'exil odieux
J'oublierai la vivante absinthe de tes yeux.

P. P. C.

Oh ! pourquoi détournant les yeux
Garder une lèvre farouche
A l'essaim des amours joyeux
Qui voudraient butiner ta bouche ?

Nous n'avons, ô mon cher amour,
      Qu'un seul jour
Pour goûter la joie infinie ;
Et tu sais bien que tes vingt ans
      N'ont qu'un temps,
Et qu'après la fête est finie.

Et pourtant vous me refusez
Et me frappez de vos mains frêles ;

Ils sont en cage, mes baisers,
Vous leur avez coupé les ailes.

J'ai voulu me mettre à genoux
　　　Devant vous
Pour jurer amour immortelle‘
Mais, hélas! votre air offensé
　　　M'a glacé.....
Une autre sera moins cruelle.

SOYONS ESCLAVES!

Oh ! si vous perdiez, mignonne ! mignonne !
Le charme secret qui m'attache à vous,
Tout ce qui séduit, tout ce qui rayonne,
Talisman d'amour énergique et doux....
Si vous le perdiez, mignonne ! mignonne !

Si le ciel allait se plaindre au bon Dieu
Qu'on lui prenne ainsi toute sa lumière
Pour la mettre au fond de ce regard bleu
Qui ferait pâlir l'aurore première....
Si le ciel allait se plaindre au bon Dieu !

Si vous n'aviez plus force, ni puissance,
Pour tenir ma vie au bout de vos doigts ;

Pour plier au joug de l'obéissance
Mon cœur fantaisiste et rebelle aux lois,
Si vous n'aviez plus force, ni puissance.

Si vous me rendiez à la liberté....
J'irais faire nombre au sein du vulgaire
Qui n'aime plus rien : rêve, ni beauté ;
Et la vie, hélas ! ne me plairait guère,
Si vous me rendiez à la liberté.

A UN QUI MÉPRISE LES FEMMES.

Ce poëte, à vrai dire, est amoureux en diable !
Il gémit !... On entend un sanglot formidable
      Sortir des cordes de son luth.
Il a trouvé, dit-il, des milliers de statues
Qui sous ses baisers chauds froidement se sont tues.
      O cœur de femme, marbre brut !

Il est allé partout : en Seine, en Seine-et-Oise ;
Il connaît la Vénus urbaine et villageoise,
      La Vénus des monts et des bois.
C'est son étude, à lui ; c'est sa flore et sa faune :
Science desséchante il est devenu jaune
      A force d en chercher les lois.

Il pleure!... Son malheur émeut, quand on y songe.
Les femmes!... composé d'absurde et de mensonge ;
    Du bronze, ni cœur ni cerveau.
O monstres sans pitié! pieuvres! goules! lémures!
Des océans de pleurs, et des trombes d'injures
    Tout le long d'un in-octavo.

Quand aura-t-il fini cette pose hypocrite,
Lui qui dément cent fois sa rêverie écrite
    Par ses réelles actions?
Hélas! il ne veut pas tomber dans le vulgaire ;
Don Quichotte de l'Idéal, il part en guerre
    Contre ses propres passions.

Mon ami, si tu veux quelques instants de fièvre,
Demande à ta maîtresse un baiser sur la lèvre,
    Oubli passager des chagrins ;
Que tout parle chez elle, excepté la parole ;
Et, sans qu'elle comprenne, offre lui ton obole
    D'élogieux alexandrins.

Si de hasard tu veux une amour plus complète,
Ne viens point chez Laïs, ô morne trouble-fête,
    Chanter *Requiem* au dessert.
Va, suis au temple saint la jeune fiancée
Dont le blanc souvenir se meurt dans ta pensée,
    Comme une fleur dans le désert.

Mais non, cet alchimiste a des goûts ironiques :
Il cherche à combiner des âmes platoniques
          Avec des nerfs électrisés.
Café ! tabac! haschisch ! extases éblouies !
O Vénus! offre donc des choses inouïes
          A ces pauvres êtres blasés!

On se met à l'affût des mensonges énormes :
Soleils bleus! hommes verts ! salut monstres difformes !
          Hurrah pour l'excentricité !
Puis on lime des vers sonores, on rature
Le mot vrai, pour le faux; qu'importent la nature
          Et la banale humanité?

Maudit ! si tu dis vrai dans tes rimes moroses ;
Si tout est laid : le ciel, les hommes et les choses ;
          S'il n'est pas faux ton rire amer;
Et s'il ne reste plus d'amour folle ni pure...
Il faut nous résigner à dormir sans murmure
          Le sommeil de Schopenhauer.

LA DERNIÈRE VALSE.

Sous l'archet divin, tournez folles filles,
Sous l'archet divin d'Olivier Métra :
La valse s'écroule en Niagara
De tristes bémols et de joyeux trilles.

Au milieu du grand taratantara,
Désinvolturez vos flancs de torpilles :
Le sylphe du bal, prince des quadrilles,
Sur son bras d'acier vous enlèvera.

Étrangement chaude, étrangement pâle,
La femme se tord sous l'étreinte mâle.
Comme un cercle fou le parquet s'enfuit.

Dans l'inexprimable et mourant vertige,
L'archet est un fouet vivant qui fustige :
Démons lumineux, tournez dans la nuit !

A LA FEMME AUX YEUX BLEUS.

Comme un fiévreux cherchant le sommeil qui le fuit,
J'allais, silencieux et morne dans la nuit,
Loin de tout ce qui chante et de tout ce qui luit,
Promenant sous le ciel sombre le sombre ennui.

Les étoiles semblaient à tout jamais éteintes,
Mortes à tout jamais les illusions saintes,
Je n'avais plus de dieu pour mes vides étreintes,
Et j'errais, étouffant dans ma gorge mes plaintes.

Mais vous êtes venu, jeune astre radieux,
Laissant dans le chaos morne et tumultueux
Descendre un rayon pur comme un regard des dieux;

Et du sarcasme noir mon âme coutumière
Refleurit à l'amour, au rêve, à la lumière,
Salut à vous ! salut, ô jeunesse première !

POURQUOI JE NE T'ÉPOUSE PAS.

Des brunes ! et combien de blondes ou châtaines !
Des regards bleus ou noirs ! Jeunes filles lointaines
Déjà, que mes deux yeux ne reverront jamais !
Fleurs très-chastes d'amour nubile que j'aimais !
Quelle route normale et plane aurait suivie
Ma vie unie à tout jamais à votre vie !
Le mariage ! un mot terrible ! et cependant
Ce mot m'a fait rêver parfois, en regardant
Quelqu'un de ces profils délicats et sans plâtre,
Au calme d'une vie assise au coin d'un âtre.
Elles avaient des noms qui sont restés en moi
Et que je n'ai jamais pu revoir sans émoi :
Jeanne, Albertine, Blanche, Élodie, Anne et Rose,
Avec un tas de doux surnoms à l'eau de rose.

Jeanne surtout, profil judaïco-païen
Encadré de cheveux d'un blond vénitien,
Si charmeuse et moqueuse ainsi qu'un joli merle.
Il me souvient d'un soir où je l'appelai « perle »
Au bout d'un acrostiche idiot, très-galant...
La fin de ce poëme ébauché reste en blanc.

Et pourquoi n'épousé-je pas ces tourterelles ?
Être cocu plus tard m'est bien égal, ô belles !
Mais d'avance je suis las et tout ébahi
Des efforts qu'il faudrait pour aller jusqu'au oui.
Ma paresse !... Songez, épouses disparues,
Que j'ai trop peu de temps, et Paris trop de rues.

Venir, aller, courir ! Courir, aller, venir !
Le fiacre ! le tramway ! Sans manger, sans dormir !
Se rendre chez l'adjoint du maire à la mairie
Pour qu'il fixe le jour, l'heure où l'on nous marie,
Et pour rectifier, après force babil,
Les bourdes d'un état civil très-incivil ;
Presto chez le curé, dito chez le vicaire
Pour payer un sermon pas bien long, mais vulgaire,
Et pour laver mon âme au bénitier du coin.
Et puis les fournisseurs !!!... Ensuite le grand point :
Choisir un logement — Bon : parlez au concierge !
On lui parle. Le monstre à votre appel émerge
De son antre, et vous offre un sous-sol gras, ou bien
Une mansarde dont vous ne voulez pour rien —

Fouette cocher ! ailleurs : du premier au sixième
Il faut tout voir, tant pis je prendrai le troisième. —
Débat contradictoire acharné sur le coût.
Et les parents ! Encor faut-il savoir leur goût.
On va voir. « Quelle porte ! y pensez-vous ? un antre,
Une grotte ! Comment voulez-vous que l'on entre
Là-dessous ? Il nous faut la porte à deux battants,
Le corridor immense, et du marbre dedans :
Une statue ou deux en bois, en terre, en plâtre,
Représentant Vénus, Mercure ou Cléopâtre...
Et les et cætera.... Qu'en pensez-vous, maman ! » —
La belle-mère prend un air de caïman
Pour happer ce crapaud de gendre inconcevable.
On se tue à trouver ce logis introuvable :
C'est trop haut ! c'est trop bas ! C'est trop près ! c'est trop loin ;
Puis en chœur : C'est trop cher !!... Enfin on cherche un coin
Pour se pendre soi-même !

                        Allons donc ! — O mignonne,
Le pays où l'amour sans chaînes papillonne
Est proche, je voudrais te montrer le chemin,
Et suivre le sentier en te donnant la main.
Je voudrais te livrer ma vie entière, et même
Ma part de paradis ou d'enfer, tant je t'aime.
Mais quand tu me diras : Marions-nous tous deux,
Je deviendrai fort dur, voyant devant mes yeux
Ce chemin escarpé qui mène à la mairie,
Peuplé de fiacres et de paperasserie,

Où des êtres suants dans leur habit, vexés
Par leurs bottes, s'en vont durement carrossés.

Tiens ! mignonne, dormons dans les bras l'un de l'autre,
En murmurant tout bas quel bonheur est le nôtre !

SONNET.

Oh ! ta chair ! ta chair blanche ! oh ! ta chair toute nue !
Le frisson des cheveux dénoués qui s'en vont,
Et roulent comme des couleuvres de ton front
Pour mordiller les seins et l'épaule charnue !

Te revoir une nuit ! et dans ta gorge émue
Entendre les sanglots du délire profond,
Et sentir en tes flancs les soubresauts que font
Les muscles et les nerfs quand l'ivresse est venue !

Oh ! reprendre ton corps, et dans la volupté
Oublier tout ce que cette amour m'a coûté :
Mes longues nuits, mes jours de fièvre mal guérie ;

Et tuer le désir qui me suit en tout lieu !
Car jusqu'au fond des os j'ai l'obscène hystérie,
Et le sang de mon cœur est un fleuve de feu !

SONNET.

Quand je reposerai dans la fosse, tranquille,
Ayant autour de moi l'ombre éternellement ;
Quand mes membres auront perdu le mouvement,
Et mes orbites creux le regard qui scintille ;

Cet être qui fut moi, ce pauvre rien fragile,
Oublié dormira — pour jamais ossement —
Et loin du ciel voilé, silencieusement
Rien ne remuera plus sous la couche d'argile.

Mais vous serez toujours, éternelle beauté,
Hors du trépas commun, de la caducité :
Votre corps ne peut pas mourir, étant mon âme !

Aussi lorsqu'un beau soir d'amour sur mon tombeau
Longuement passera l'ombre de cette femme,
Tu te réveilleras, squelette amant du Beau !

SONNET.

J'ai bien des fois pleuré tout seul, dans mon taudis,
Loin de vous, loin de toi que j'aimais seule au monde,
Loin du baiser charmeur et loin de l'amour blonde,
Ainsi qu'un laid démon exclu du paradis.

J'étouffais les sanglots méprisés des maudits.
Et, lorsque les viveurs m'appelaient à la ronde,
Criant : « Viens avec nous ! l'ivresse nous inonde ! »
Dans son cercueil, mon cœur chantait *De Profundis*.

Et quand je les suivais au milieu de leurs fêtes,
Sur mes lèvres au rire intense toutes prêtes,
Se cachait le rictus glacial des mourants.

Toi qui n'as jamais su voir l'amour dans une âme,
Toi qui n'as jamais pu rendre autant que tu prends,
Que me sert d'implorer ta pitié dure, ô femme?

L'ENVERS DU MODELE.

I.

A force d'avoir vu dans les temples gothiques
Des madones avec leurs capuchons mystiques,
Belles et souriant à leurs adorateurs :
Les vieux Josephs ou les saints Jeans très-séducteurs ;
A force d'avoir vu des pécheresses blondes
Laissant leurs grands cheveux couler comme des ondes,
Et leurs seins nus s'épanouir comme des fleurs —
Privilége impudique et sacré des douleurs ! —
A force d'avoir vu sous les porches énormes
Des Vénus étalant leurs immuables formes,
Et les nymphes de bronze aux fières nudités,
Et les sphynx étonnants dans le marbre sculptés ;

A force d'avoir vu, tout le long des musées,
Des reines aux fronts ceints de perles irisées,
Des princesses rêvant sur l'appui d'un balcon,
Des marquises avec un abbé pour dragon,
Des impures, et des myriades de femmes
Plus chaudes que n'en font les cauchemars infâmes,
Je voulus — ô rêveur! — toucher cet idéal
De la main, et trouver à ce pli linéal
Une forme palpable, et qui, pleine de vie,
Pût assouvir ma chair toujours inassouvie,
Et te saisir avec mes griffes de lion,
O Galatée, ainsi que fit Pygmalion.

Je l'ai fait —

       J'ai trouvé l'impeccable modèle,
La femme s'évadant du tableau conçu d'elle;
Et je l'aimais avec l'imagination
D'un cœur jadis sceptique à toute passion,
Mais que le vent du rêve échauffait de son souffle —
Et je croyais tenir l'idéal, ô maroufle!

Ce mythe en a rejoint d'autres, sous les cyprès!

II.

Un soir qu'elle songeait les yeux ouverts, auprès
Du grand foyer où cascadaient les étincelles,
Je voulus regarder derrière ses prunelles,
Et m'en aller, comme un héroïque chercheur,
A travers la pupille ouverte, jusqu'au cœur
De la belle dont cent tableaux chantent la gloire.
Je ne vis rien d'abord, tant la fosse était noire !
Puis se firent mes yeux à cette obscurité,
Et j'auscultai l'envers de ma chère beauté.
Hélas ! dans le trou sombre où mon regard avide
Plongeait, je ne trouvais çà et là que le vide ;
La taciturnité des sépulcres impurs ;
Et lorsque je voulus graver mon nom aux murs
Du cénotaphe avec une encre impérissable,
Ces murs n'étaient qu'un tas de poussière et de sable .

Un atelier, la nuit ! Les pinceaux oubliés,
Et la palette sèche avec des tons brouillés,
Les capsules d'étain très-vides, entr'ouvertes,
Les torses gris, les bras moulés, choses inertes !

Pourtant elle rêvait. — Modèle réussi,
Car la *ligne* exigeait qu'elle rêvât ainsi. —
Mais derrière la toile il n'y a pas de femme,
L'art étant impuissant à mettre au fond une âme.

Elle rêvait ! — « J'ai faim », dit-elle se levant.
Et je fus encor plus triste qu'auparavant,
Triste et fâché d'avoir, comme un enfant inique,
Brisé mon cher jouet pour voir la mécanique.

LA CHUTE.

La Gitane aimée et perverse
A déserté les Orients
Aux grands cadres luxuriants
Pour descendre dans le commerce.

Dans un cabaret elle verse
Des liqueurs aux étudiants ;
Moi, sur mes genoux suppliants
Le désespoir brutal me berce.

Or, nous sommes là quatre ou cinq
Autour de la fille de zinc
Dont l'astuce froide nous joue.

Mais Samson court à Dalila !
Mon rêve est tombé dans la boue,
Et je l'ai suivi jusque-là.

CHANSON A NINI.

Mardi, jour de pluie.

Envolez-vous, rêves d'un jour !
Le spleen sous l'averse vous noie...
Qui nous donnait les nuits de joie ?
  C'était l'amour.
Quand je t'ai dit adieu, ma brune,
Sais-tu, Gitane aux seins cuivrés,
Qui nous a tous deux séparés ?
  C'est la fortune.

J'enroulais mes deux bras autour
De ta jeune taille flexible,
Et croyais ma force invincible ;
  C'était l'amour.

Il ne m'en reste plus aucune,
Sinon de pleurer seul, tout seul,
Sur mon bonheur mis au linceul :
    C'est la fortune.

Je me rappelle le contour
Enfantin et pur de ta joue,
Et ta bouche qui fait la moue :
    C'était l'amour.
Dans la solitude importune
Le vent siffle d'un ton moqueur,
Et j'entends se briser mon cœur :
    C'est la fortune.

A l'heure où le plaisir accourt,
Je te sens palpiter et vivre,
Ta vie est le vin qui m'enivre :
    C'était l'amour.
Mes larmes tombent une à une ;
J'entends comme un glas de beffroi,
Car te voilà morte pour moi :
    C'est la fortune.

Un dieu qu'on dit aveugle et sourd
M'acheta dans un lot d'esclaves
Pour une odalisque aux yeux graves :
    C'était l'amour.

Mais pleine d'abjecte rancune,
Une déesse aveugle aussi
M'a rendu libre sans merci :
    C'est la fortune.

LA BELLE ET LA BÊTE.

Tu n'as jamais compris, ô Gitane féroce,
Quelle passion folle à tes pieds me jetait,
Hurlant comme un lion qu'un acrobate rosse ;

Ton caprice enfantin et noir me tourmentait
Avec la persistance inepte de la rage ;
Et sur mon front vaincu ton pied vainqueur montait.

J'avais beau me blottir dans un coin de la cage,
Et me faire rampant et plus lâche qu'un chien ;
Tu venais relancer ton animal sauvage.

Tu n'avais point à craindre, et tu le savais bien :
La baguette de fer brillait dans tes menottes,
Et j'étais trop dompté pour que je fisse rien.

Aussi, t'enhardissant de mes lâchetés sottes,
Tu me prenais le cœur, et, lambeaux par lambeaux,
Tu le déchiquetais vivant sous tes quenottes.

Hélas! ces grands amours léonins sont trop beaux!
Tu ne les comprends pas, et préfères les bêtes
Plus folâtres qu'on voit courir à tes appeaux.

Et moi, lâche! malgré tant de blessures faites
Je léchais cette main qui m'avait torturé,
Tandis que tu tournais les yeux vers tes conquêtes.

Le perroquet jaseur, et le grand chat tigré,
Et l'ours qui danse afin que la dompteuse rie,
Tous avaient le baiser d'amour très-désiré.

Le lion, roi déchu de la ménagerie,
Rugissait des sanglots d'esclave sous tes coups ;
Et la bande huait cette bête marrie.

Allons donc! j'ai brisé la chaîne et les verrous ;
Loin de ton fouet, je cours vers l'idéal empire :
Tu ne reverras plus ta bête à tes genoux.

Oh ! ne m'attire pas avec un faux sourire
Dans tes piéges de nuit ; ne me fais point rentrer
Dans la cage d'amour témoin de mon martyre ;

Ne force plus ton grand animal à pleurer ;
Car il pourrait, un soir, perdant la tramontane,
Se dresser pour te prendre et pour te dévorer...

Mais tu ne comprends pas, ô féroce Gitane !

VIEILLE CHANSON NOUVELLE.

I

Si j'avais les ailes de l'ange,
Grandes ailes aux reflets bleus,
Loin de la terre et de la fange
Je m'envolerais vers les cieux ;
Je les ouvrirais toutes grandes
Par un beau soir d'été bien clair ;
Comme les esprits des légendes,
Sans bruit, je traverserais l'air ;
D'un seul bond j'irais dans l'abîme
Plein de vertiges attirants,
J'embrasserais le ciel sublime
Dans l'ampleur de mes bras errants

Je me baignerais dans l'espace,
Bien haut dans l'azur éternel,
Et sur le nuage qui passe
Je monterais comme Ariel;
Car je veux aller vers les astres,
Et m'endormir dans leur séjour.
O terre pleine de désastres,
Laisse-moi fuir loin de l'amour.

II

Si je ne puis vers les étoiles
A jamais prendre mon essor;
Si je ne puis comme des voiles
Ouvrir mes grandes ailes d'or;
Pendant quelque nuit hivernale
Faite de brume et de chagrin
Je veux qu'une force infernale
M'ouvre l'abîme souterrain;
Parmi les nitres et les soufres
Des vieux volcans mystérieux,
Je m'élancerai dans les gouffres
Pour disparaître à tous les yeux.
Pour compagne j'aurai la source,
Et pour amis les feux follets;

Et je n'arrêterai ma course,

De noirs relais en noirs relais,

Qu'au centre où les gnômes funèbres

M'enseveliront loin du jour.

O terre, pleine de ténèbres,

Laisse-moi fuir loin de l'amour.

MUSIQUES ÉPARSES.

Charme-moi, musique céleste,
Consolatrice des jours noirs,
Où, grâce à l'abandon funeste,
Dans l'âme esseulée il ne reste
Que la tombe des vieux espoirs.

Charme-moi, musique lointaine,
Que m'apporte l'aile du vent;
J'aime l'harmonie incertaine,
Insaisissable turlutaine
Qui hante le soir émouvant.

Charme-moi, musique inouïe
Que j'ouïs au fond de mon cœur.

Lorsqu'en ma cervelle éblouie,
La clarinette réjouie
S'enlace au violon moqueur.

Charme-moi, musique des maîtres
Pleine de rire ou de sanglot,
Symphonie aux larges fenêtres
Où dièzes et bémols traîtres
Mènent leur infernal galop.

Charme-moi, musique naïve
Qui monte du pavé des cours,
Romance traînarde et plaintive,
Ou pauvre chanson maladive
Qu'un aveugle crie à des sourds.

Lambeaux de l'ancienne sonate,
Vieux menuet que l'oubli mord,
Grand air d'opéra disparate
Qu'un orgue traîne par la patte,
Bercez ma douleur qui s'endort !

PAROLES PERDUES.

Oh! ces femmes! ces tas de femmes qu'on rencontre!
 Ces beaux yeux! ces beaux corps si froids!
Mets au Mont-de-Piété, pauvre chien, mets ta montre
 Pour payer d'obscènes octrois.
Oh! la débauche qui vous jette sous leurs griffes
 Pantelant de la tête au cœur,
Pour que vous en sortiez plus souillé que leurs chiffes,
 Et plus vide qu'un chroniqueur.
Oh! dépenser sa vie ardente et sa jeunesse,
 La jeunesse prompte à ternir,
Sans pouvoir s'arrêter et sans que l'on connaisse
 Comment ces choses vont finir.
Oh! mettre un papillon idéal sur leurs lèvres,
 Et ne pas sentir qu'elles ont

Pour tous les hommes, tous, excepté les orfévres,
    Un mépris égal et profond.
Oublier tant de cœurs vierges et solitaires,
    Calices fumant d'amour pur,
Et s'en aller traînant aux horribles mystères
    Tous ses rêves d'or et d'azur.
Doux comme des agneaux les rêves se refusent
    Et disent: Nous ne voulons pas ;
Puis ils cèdent, vaincus par la folie, et s'usent
    Dans on ne sait quels noirs combats.
Ah! mieux vaut mille fois, plutôt que ces guéusardes
    Qu'on juche sur un piédestal,
Mieux vaut, plein de marlous et de houris blafardes,
    Un lupanar bête et brutal.
Au moins, quand tu descends de l'aphrodisiaque
    Et morne lit aux vieux ressorts,
Ton cadavre tout seul a hanté la baraque,
    Et ton cœur est resté dehors.
Tandis que si tu prends une des filles libres
    De l'entre-sol ou du trottoir,
Tu pourras de ton âme user toutes les fibres,
    Prêtre d'un culte sans espoir.
On dit: je n'aimerai qu'un peu, c'est un caprice,
    Caprice tueur des moments ;
Puis on revient encore et toujours, et l'on glisse
    Aux sensuels embrassements ;
L'hallucination vous prend comme un vertige,
    On tourne, on descend, on se perd ;

Délicieusement la passion fustige
     Les sots qu'elle jette à l'enfer.
Dans l'insouci du monde et dans la mécréance
     Le satanisme vous éteint;
A peine l'on s'éveille aux cris de déchéance
     Que pousse un noble et vieil instinct.
Toujours trop tard! — Et l'un se loge dans la tête
     La balle de son pistolet;
Et l'autre, ayant une âme à toute honte prête,
     S'endort sur le lit qu'il s'est fait.
Et de ce mort-d'amour et de ce meurt-de-honte
     Cotés à la bourse du cœur,
La fille fait un beau prospectus qu'elle conte
     Avec un sourire moqueur.

REDIVIVUS.

Et maintenant, vois-tu, mon cher, assez des femmes
Qui t'offrent le plaisir sans te donner l'amour,
Ne tourne plus tes chants en sots épithalames
      Pour tous ces caprices d'un jour.

Cherche, si tu le peux, cherche bien sous la cendre
Si la flamme est restée au foyer de ton cœur,
Et si dans le flacon débouché l'on peut prendre
      Encore un reste de liqueur.

Vois si tout est bien mort de ta sainte jeunesse,
Si ton soleil n'a plus ni chaleur ni rayons,
Et si le destin veut que ton âme renaisse
      Aux anciennes illusions.

O tes illusions! garde-les, s'il t'en reste,
Un rêve bien naïf vaut mieux qu'un diamant,
Remonte à pas pressés cette pente funeste
    Qui mène au désenchantement.

Tu diras que ton cœur est tombé dans la fange.
Eh! l'eau du ciel aussi. Mais au premier soleil
Regarde : cette boue, en nuage se change,
    Et plane au firmament vermeil.

Dis adieu pour toujours à toute amour vulgaire,
Les filles d'Épicure ont le grave défaut
De n'avoir pas de cœur du tout, et d'esprit guère.....
    Cherche plus loin, aime plus haut.

Adieu! Mimi Pinson, Musette, folles filles,
Vous en qui j'avais cru comme on croit à l'enfer;
Si j'ai fait ma partie en vos joyeux quadrilles
    Hélas! je l'ai payé trop cher!

Adieu! Manon Lescaut et Marion Delorme;
Avez-vous assez ri de ma naïveté?
Si vous voulez m'attendre, attendez-moi sous l'orme,
    J'y suis pour vous souvent resté.

SEUL!

Je m'en allais tout seul, vague, a travers les bois,
L'herbe avait des frissons, et les arbres des voix ;
Les oiseaux amoureux chantaient leur mélodie ;
C'était, sur les rameaux, la vieille comédie
Où, pour se conformer aux anciens dénoûments
La nature-poëte unissait les amants.
Pourquoi suis-je tout seul ?... Dans mon âme oppressée,
Tenace, avec effort, je suivais ma pensée ;
Je murmurais tout bas des vers, un plan nouveau ;
J'étais l'amant austère et convaincu du beau ;
Que sais-je ? mon esprit, forçat, tournait la meule ;
Et, voyant ma jeunesse ainsi perdue et seule,
A travers les buissons, les merles me sifflaient ;
Sous les mousses les fleurs moqueuses se voilaient ;
Regardant à travers les brins d'herbe soyeuse,
Comme à travers ses doigts une enfant curieuse,

Ensemble elles riaient, non sans quelque raison,
De ce passant rêveur, seul comme un Robinson.
Je m'enfuyais, portant mon drame dans ma tête!
Partout même chanson, hélas! et même fête!
Au fond d'un cabaret sous un treillage vert,
Une noce bourgeoise : On était au dessert ;
On buvait ; de bons vieux chantaient des vers antiques,
La mariée avec ses voiles poétiques,
Rougissait chaque fois qu'un malin plein d'humour,
Disait avec beaucoup d'emphase : Amour! amour!!
Plus loin, dans la clairière, un couple, heureux et jeune,
Se blottissait dans l'herbe et ne faisait point jeûne
De baisers délicats et longs, et de doux mots....
Et je fuyais, pédant morne, disant : Quels sots!
O printemps! ô printemps! amoureuse nature!
Lorsqu'un adolescent, impie et fier, rature
Des pages de son cœur l'amour, ce mot charmant,
Crois-moi, dans sa folie et son orgueil, il ment.
..... « Ah! quoique autour de moi, l'on chante, on rie, on aim
« Je voudrais — me disais-je — achever ce poëme!
« Voyons : le beau Lindor paraît, et son rival
« Le provoque ; Lucinde, hélas! se trouve mal... » —
Et tout bas le printemps chantait sa chansonnette :
« Te souvient-il, pauvret, de Rosine ou d'Annette?
« De leur col arrondi ? de leurs seins éclatants?
« Et de leur bouche rose!... — « Oh! taisez-vous, printemps!
Et raide de sagesse, absurde de colère,
Je m'enfuis loin des bois que le printemps éclaire ;

J'allais, voulant maudire à mon aise, cherchant
Tout ce qui peut forcer l'homme d'être méchant,
D'être seul, et de fuir la femme son doux rêve,
Et de se montrer sourd aux séductions d'Ève.....
— « Laissez—moi travailler! » — criais-je, furieux;
Je passais, abaissant mes sourcils sur mes yeux.
Pauvre fou! je laissais pour l'art jaloux et sombre,
La nature, — la proie admirable... pour l'ombr
Or, je voyais partout des bras qui s'enlaçaient,
Des yeux qui se cherchaient, des mains qui se pressaient;
Des jeunes hommes, lents et doux dans leur allure,
Suivaient les frais jupons que le printemps délure,
J'étais fou! je montai les cent marches, j'entrai
Dans ma mansarde et dis : « Là, je travaillerai!... »
Hélas! et quand je fus devant la page blanche,
Je me souvins, rêveur, que c'était le dimanche,
Que l'an passé j'allais courir par les grands bois,
Et qu'*Elle* gazouillait avec sa douce voix,
Et que j'étais joyeux comme les autres hommes,
Et que tous mes pensers et que tous mes fantômes,
La gloire que j'appelle et l'applaudissement,
Tout ce bruit, cet éclat qui plaisent un moment,
Et qui laissent un vide affreux au fond de l'âme,
En tous ne valent pas un seul baiser de femme...
Et regardant les murs sombres comme un linceul,
Je dis amèrement : Pourquoi suis-je tout seul?

SONNET.

Où sont vos doux regards et vos blanches épaules,
O folles que j'aimais au temps où j'étais fou?
Vous avez disparu, toutes, je ne sais où;
Et mon cœur est peuplé de tombes et de saules.

Le Spleen, fils de Calcraft, a mis la corde au cou
De mes vers qui chantaient autrefois, joyeux drôles,
Des musiques d'amour sur de neuves paroles...
Adieu, robes de soie, adieu velours... froufrou!

J'ai pris une maîtresse effrayamment sévère :
Crampon! tu mets de l'eau dans le vin de mon verre,
Et mes sobres aïeux doivent être contents.

Je n'ose m'enquérir si le destin revêche
Me garde une maîtresse autre pour le printemps;
Mais celle que je bats aujourd'hui, c'est la dèche!

LES GRECS

LES GRECS.

Un soir Æmilios, prince de la déveine,
Résolut de gagner (*Mataia*, chose vaine)
Quelques talents avec un sien napoléon,
Dans un obscur tripot, non loin du Panthéon.
La nuit venait : Phoïbê montra son front timide ;
Le joueur revêtit sa laineuse chlamyde,
Et vers l'antre, où Ploutos présidait aux combats,
Il vint, comme les bœufs d'Ajax, les pieds en bas.
Le temple grec ouvrait sa hideuse poterne
Au bout d'un corridor, vrai sentier de l'Averne,
Où Phoïbos-Apollôn était représenté
Par un lampion mort dans l'âcre obscurité.
Æmilios entra sous la voûte de plâtre ;
Et soudain un éphèbe au tablier jaunâtre,

Qui répondait : « Vlàboum ! » quand on l'interpellait,
Sur le seuil l'accueillit. La foule qui hurlait
S'arrêta, contemplant le jeune prosélyte ;
Mais, comme il n'avait pas l'aspect d'un satellite,
Les Achéens pensifs se remirent au jeu.
Une épaisse fumée empestait le saint lieu.
Assis sur des trépieds d'une facture austère,
Les joueurs allumaient dans leur bouche un cratère,
Et leurs lèvres lançaient, par des souffles puissants,
Vers des soleils de gaz un nuage d'encens.
On voyait çà et là l'éphébe dans les groupes :
Sur les tables de marbre il déposait des coupes,
Des amphores de verre à faux-col solennel,
Où moussait le nectar jaune et blanc, hydromel
Que Gambrinos, rival de Dionysos l'antique,
Fait avec du houblon et de l'orge authentique.
Sur un autel de zinc trônait un grec lippu,
Chassieux comme un vieux Priapos ; mais trapu,
Auquel, pour ce motif, tous ces fils de Diogène
Portaient plus de respect qu'aux douze dieux d'Athène.
Entre temps, dans la foule, un cri retentissait :
« Nom de Zeus ! » — Quelque ponte, ayant pondu, gloussait :
« Taille ! Taille ! banquier ! » (*Tailler !* verbe de proie,
Dont l'optatif futur : *gagnerai-je,* s'emploie
Avec le verbal *neuf,* ou *huit* diminutif ;
Et *faire Charlemagne* est un infinitif
Dont les pontes présents seront les participes...
Confer Nieburh, *passim,* Burnouf : Premiers principes)

Le ponte Æmilios, pâle, tremblant, séduit,
Écoute comme un chant de sirène le bruit.

Quelques Thessaliens aux puantes cnémides,
Des Argiens subtils, drapés dans leurs chlamydes,
Des gens crochus sortis de Sion, des Crétois
Fuyant le sol natal par-dessus les détroits,
Des athlètes qui n'ont des dieux aucune crainte,
Des filles de Lesbos, des femmes de Corinthe,
De leurs doigts exercés gagnaient les deniers d'or
Que des Béotiens livraient au dieu du sort,
Et que, riant tout bas, cueillait la Perfidie.
La banque les plumait ces pigeons d'Arcadie !
Popoï ! Æmilios ne les regardait pas ;
Il voyait seulement les vainqueurs des combats ;
Et cherchait — pauvre fou ! — son or dans sa ceinture.
Ce temple nébuleux, cette atmosphère impure...
Tout l'excite !... C'est l'or dansant joyeusement !
L'encéphale s'enflamme au simple frottement
De ta roue, ô Fortune !... Allons ! voici la proie !
Æmilios debout s'approche, et, plein de joie,
Lance sur le tapis un disque de métal.
Adieu les chers moutons d'argent : voici l'étal !

O Grecs dégénérés ! O fils de Thémistocle !
Si vos aïeux d'airain descendaient de leur socle,
Et, quittant pour un jour les Champs-Élyséens,
Venaient vous contempler, pâles Athéniens ;

Ceux qui mêlaient leur sang à l'onde du Scamandre,
Ceux qui portaient si loin la gloire d'Alexandre,
Pheu ! Pheu ! que dirait-ils s'ils voyaient leur saint nom,
Ce nom qui fait l'orgueil des murs du Parthénon,
Qui fait se redresser les cimes de Taygète,
Et vivre encor des dieux la cohue indigète,
Ce nom couvrir ainsi qu'un méchant oripeau
Des chevaliers suant le vol à pleine peau?
En trouvant au mot grec cette allure ambiguë
Socratès reboirait la coupe de ciguë,
Le vieux Démosthénès cracherait ses cailloux,
Et l'ample Isocratès se tairait devant vous !
O morts de Marathon! soldats de Salamine !
Héros marmoréens que la gloire illumine !
C'est avec l'écarté (du grec *écartatos*)
Que vos petits-neveux plument Æmilios.

Æmilios perdit jusqu'aux disques de cuivre.
Pauvre Béotien que la fureur rend ivre ;
Les Achéens riaient ! Æmilios s'assit,
Et remarquant sa coupe intacte, il la saisit,
Et, nerveux, il brisa contre terre le vase.
Puis pour payer la casse, il laissa son pétase ;
Et jetant un regard suprême au temple grec,
Le cœur gros, il sortit complétement à sec.
Le joueur se sentait l'encranionn malade,
Il maudissait tout bas sa stupide incartade :
« J'en jure, disait-il, par les dieux souterrains,

Je voudrais vous tenir et vous briser les reins,
O Grecs!!!... ▸ Il s'adressait aux Argiens avides;
Trop tard! ses mains tâtaient ses larges poches vides :
Adieu champs où jadis s'élevait Ilion !
Et je montrai le poing aux murs du Panthéon,
Tandis qu'exécutant les ordres des archontes
Des sbires a pas lents venaient prendre les pontes.

UNE SAISON DE SPLEEN

JE VOUDRAIS ETRE DANS LES BOIS.

Je vous hais, ô cités! vastes tombeaux de pierre!
Pans de murs! océan de toits! noir horizon!
Quand au premier soleil on ouvre la paupière,
On sent autour de soi l'horreur de la prison.
Montez, oiseaux, dans l'air où votre aile se joue.
Ici-bas les cœurs durs et les masques étroits,
Le bruit, le tourbillon, le brouillard et la boue :
        Je voudrais être dans les bois!

Ma bouche se remplit d'une ironie amère ;
Sur mon front le linceul du spleen s'est abattu ;
Loin de moi disparaît, fugitive chimère,
Mon rêve d'Idéal, d'Amour ou de Vertu ;

Quand mes illusions, doux ramiers infidèles,
Pour chanter sur mon seuil désert, n'ont plus de voix
Et s'envolent au ciel avec un grand bruit d'ailes...
    Je voudrais être dans les bois !

Au rhythme de ses seins, purs chefs-d'œuvre d'orfèvre,
Ma maîtresse berçait mon corps entre ses bras,
A l'heure où le baiser se pose sur la lèvre,
Ainsi qu'un papillon joyeux et jamais las.
Puis rien : le charme fuit, l'idole gît sans âme ;
Adieu pacte oublié des amoureuses lois !
Le temple redevient chaumière, et l'ange, femme...
    Je voudrais être dans les bois.

Discuter !... on ira s'asseoir : de jeunes hommes,
Imberbes mais pensifs, règlent les potentats ;
La politique au temps imbécile où nous sommes,
Est un ver du tombeau qui ronge les États.
Moi, je suis las du flux et reflux de paroles,
De ces briseurs d'autels, de ces tueurs de rois ;
Et farce ou tragédie, hélas ! ce sont des rôles...
    Je voudrais être dans les bois !

Oh ! dans vos cabarets pleins des chants de la foule,
Quand la mélancolie absurde où je me plais
S'abaisse sur mes yeux, et quand mon âme est soûle
De la société qui rend les hommes laids.

J'ai hâte d'oublier le gaz et la fumée :
Dans la glace qui troue au loin vos murs étroits,
J'évoque doucement la perspective aimée
    Du sentier perdu sous les bois.

LA RONDE DU REMORDS.

Je sortais d'une orgie âcre et stupéfiante
Où ma raison avait brûlé comme un sarment;
Plus lourde que le plomb, l'atmosphère ambiante
Faisait craquer mes os tordus d'accablement.
La fièvre secouait les cloisons de ma tempe,
Et dans le cercle blanc et rouge de la lampe
L'horreur des visions tournait cruellement.

Des parfums féminins se mêlaient dans la chambre
A l'arome troublant des cigares fumés :
Vagues parfums d'iris, d'yland-yland et d'ambre,
Et de grains du sérail autrefois consumés.
Mon oreille tintait aux souvenirs d'orgie,
Et le marteau d'acier de la céphalalgie
Poussait dans mon cerveau des rêves innommés.

Ma chair était meurtrie, et mon âme si lasse,
Et par le spleen mon cœur tellement angoissé,
Que je tombai dans un fauteuil, près de la glace,
Pour me revoir comme un ami trop délaissé.
Et je me regardais de la sorte, moi-même :
La glace m'envoya mon image si blême,
Qu'on aurait dit un spectre affreux de trépassé.

Tout à coup, une voix terrible, intérieure,
Fit retentir mes nerfs, et, sortant malgré moi
De ma bouche fermée, elle emplit ma demeure
D'un cri lugubre, et j'eus peur sans savoir pourquoi.
La voix disait avec un rire métallique :
« Voici tes gueux ! voici tes morts ! voici ta clique !
« Maudit ! vois tes remords qui passent devant toi ! »

Dans la glace ils marchaient, les uns après les autres,
Tous les actes mauvais et louches, le front bas,
Mâchonnant dans leurs dents d'obscènes patenôtres ;
Et leur procession avançait pas à pas.
Derrière eux, les secrets calculs, les vilenies
Que tu fuis, ô mon cœur, et qu'en vain tu renies,
Comme des nains bossus agitaient de grands bras.

D'autres, parmi le bruit et parmi les huées,
Ivres, et revêtus d'habits de croque-morts,
Portaient des cercueils pleins d'illusions tuées
Dont je ne reverrai les âmes, ni les corps.

Que de rêves défunts d'héroïsme ou de gloire,
Quels cadavres d'amours souillés de fange noire
Ont roulé sous les pieds des spectres du Remords !

Puis tous les nains bossus et tous les gueux immondes,
Avec la joie atroce et funèbre du Mal,
Autour de ces débris commencèrent des rondes
Que guidait invisible un orchestre infernal.
Et dans le tourbillon je ne sais qui m'entraîne :
Hurrah ! c'est la Saint-Guy, la tarentule obscène,
Et je danse avec eux le ballet bacchanal.

Sombre nuit, où je vis tant de hontes recluses
Sortir du passé pour m'offrir leur nudité ;
Où le torrent jeta par-dessus ses écluses
La fange de mon cœur et son iniquité...
Hélas ! quand le soleil, cognant à ma fenêtre,
M'éveilla, je compris que, la veille peut-être,
Le fleuve où j'avais bu n'était pas le Léthé.

LA MARCHE.

J'ai mis trop loin, trop haut, le rêve de ma vie,
Vision d'avenir aimée, et poursuivie
    A travers de longs jours de deuil.
J'étais parti, joyeux, sans regarder derrière :
Hélas ! je me fiais à ma force guerrière,
    Et je n'avais que de l'orgueil.

J'ai compté bien longtemps les bornes de la route,
Et disais : En marchant de la sorte, sans doute,
    J'arriverai là-bas ce soir.
Et les pas succédaient aux pas, les vals aux côtes ;
Mes rêves étaient loin, et mes étoiles hautes ;
    Et le ciel bleu devenait noir.

Un trompe-l'œil moqueur raccourcit la distance,
L'objet grandit, le but a pris l'exorbitance
  D'une ombre qui viendrait à vous ;
Le clocher se découpe en vigueur sur la lune :
Encore un pas, encor ce bois et cette dune !
  Marche plutôt sur tes genoux.

Il semble que ce soit le dernier kilomètre.
Et, sentant son désir et ses forces renaître,
  Le passant ne s'arrête point ;
Et, quand il a marché pendant bien d'autres lieues,
Dans le prolongement des perspectives bleues,
  Le but est encore plus loin.

Désirer ! devenir ! c'est la loi de nature !
Marche encore et toujours ! marche ! Si d'aventure
  Tu touchais ton but de la main ;
Laissant derrière toi l'oasis et la source,
Vers un autre horizon tu reprendrais ta course :
  Tu dois mourir sur un chemin.

DESPERANDO.

Demain, demain! Ce mot terrible et plein de charmes
Qui vers tes murs, ô vieux Paris, m'a ramené,
Fait sans doute couler dans l'ombre bien des larmes,
Et s'élever vers Dieu bien des cris de damné.
C'est lui qui m'a poussé, c'est lui qui me dit : Monte!
Et qui me dit : Sois fort, sois dur, sois sans pitié!
Et pour que l'espoir seul te guide, va, sans honte,
Écrase sous ton pas l'Amour et l'Amitié.

O Paris! tourbillon de passants qui vont vite,
Jetés comme le sable aux quatre vents de l'air;
Cohue échevelée où tout se précipite,
Fleuve d'Oubli qui court vers la mort, vers la mer,

Dans ce cratère immense où s'agite ta houle,
De Montrouge à Montmartre, et d'Auteuil à Bercy,
Parmi ces inconnus, indifférente foule,
De l'inconnu qui vient personne n'a souci.

Et je vivais là-bas, sans soucis, sans détresse,
Sous le ciel bleu toujours avec un soleil d'or;
J'avais de francs amis joyeux et ma maîtresse,
Et le vent de la mer à l'heure où l'on s'endort.
Et j'ai voulu partir! Le séduisant mirage
Que fait luire à mes yeux la fée Ambition
M'a jeté dans le gouffre où je ferai naufrage —
Et la vague sera ton linceul, Alcyon!

LE GIBET DE MISÈRE.

O Dieu, qui que tu sois, Destin, Mere-Nature,
Pourquoi m'avoir tiré de l'ombre du Néant?
Réponds! que t'avait fait ton humble créature
Pour l'écraser sous ton dur talon de géant?
Qui pouvait te forcer, Éternel impassible,
A me clouer au mur humain, comme une cible
      Destinée aux flèches du Mal?
N'es-tu point assez riche en fait de dents qui grincent?
Et fallait-il encor que mes mâchoires vinssent
      Grincer au concert infernal?

Oh! j'y songe, le soir; j'ai dû commettre un crime
Dans quelque monde ancien, et je suis un damné!
Mais tu peux t'endormir, Bourreau! — Sur ta victime,
De la tête aux talons ton poing s'est acharné.

En vain j'ouvre mes bras, comme un oiseau son aile,
    Pour me rapatrier aux cieux ;
Tu m'as trop bien cloué sur le mur, éternelle
    Et dure vengeance des dieux !

Je suis comme un larron en croix, baissant la tête
Sous les sanglants cheveux qui pendent. Autrefois
Je relevais un front railleur dans la tempête
Pour blasphémer avec une stridente voix :
Satan m'avait donné le formidable rire
Qui secouait mes nerfs sonores, le délire
    Malgré toi venait m'enivrer.
Aujourd'hui, c'est fini : tu m'as vaincu sans doute ;
Ma tête, retombant sur ma poitrine, écoute
    Mon cœur plein de larmes, pleurer.

Il fut un temps ! J'ai vu sur ce chemin infâme
Quelques hommes passer, joyeux, trois fois bénis ;
Dans l'air du soir montait le parfum d'une femme,
Et les oiseaux, sur mon gibet, faisaient leurs nids.
Je suis seul ! les passants ne passent plus ! la terre,
Loin, jusqu'à l'horizon, est veuve et solitaire ;
    Les oiseaux sont morts, je suis seul !
Maigre supplicié sans rêve et sans patrie,
Je vois fuir jour à jour ma jeunesse flétrie...
    La misère est un dur linceul !

IMPRÉCATION.

Si jamais j'acquiers la puissance,
Dans leurs antres j'irai tout droit;
Comme un spectre de la vengeance,
Je les ferai blêmir d'effroi;

Sous le souffle de ma colère,
Leur Superbe disparaîtra;
Comme l'arche d'un pont de pierre,
Sous mon poing leur dos courbera;

J'ouïrai monter de leur bouche
Les prières et les sanglots,
Et dans un silence farouche,
Mon visage restera clos;

Je déchirerai leur échine
Avec le fouet de mon mépris;
Je consommerai leur ruine,
Et m'assoirai sur leurs débris.

Un éclair de bonheur étrange
Luira sur mon front irrité
A voir étendus dans la fange
Ceux qui raillaient ma pauvreté.

VERS LES TOMBES.

Je voudrais être sous la terre
Dans un sépulcre bien fermé,
Et là, dans la nuit solitaire,
Retrouver ceux qui m'ont aimé.

J'aurais à dire bien des choses
A ces pauvres êtres chéris,
Je leur apporterais des roses
Et des géraniums fleuris.

Et leurs âmes, dans ces demeures
Respireraient ce cher parfum,
Et moi, pendant de longues heures,
Je parlerais du Temps défunt.

Comment se fait-il que je reste
Sur cette terre des vivants,
Où le Mal vient comme une peste
Sur l'aile des trente-deux vents?

Là, je suis seul, comme un ilote,
Sans amis, sans foyer, sans dieux;
Là, je traîne un cœur qui sanglote
Parmi les railleurs odieux.

Où sont mes espérances chères,
Et mes chères illusions?
Où sont les Rêves éphémères
Peuplés d'astres et de rayons?

Ils sont morts, ils sont sous la terre,
Dans la tombe de mes amis;
Là-bas, dans l'antre du mystère
Où leurs spectres sont endormis.

O morts, quittez vos lits funèbres,
Revenez, terribles et doux,
Me voir parfois dans les ténèbres,
Sinon, je veux aller vers vous.

TRIANGLE MORTEL.

Tu me fais souffrir, ô fille cruelle,
Tu me fais crier les cris du damné,
Et dans les tourments de l'heure actuelle,
Maudire l'amour froide et sensuelle,
Et le faux bonheur que tu m'as donné.

Tu me fais souffrir, ambition morne
Qui meubles mon cœur de rêves déçus ;
Ton sourire ment et ta voix flagorne :
Tu m'as laissé choir au fossé qui borne
Les champs du Triomphe à peine aperçus.

Tu me fais souffrir, misère vorace,
Attirant le spleen, démon qui se plaît

A frapper les gens tombés dans la crasse,
Bien qu'étant dandy de hautaine race,
Lord comme Byron, et roi comme Hamlet.

Oh! triple ennemi formidable : Femme!
Ennuis du présent, Rêves d'avenir,
Crâne venimeux de vipère infâme,
 Triangle de feu qui m'entres dans l'âme.
Trinité du Mal, tu me fais mourir !

?

N'est-ce pas Méphisto, qu'avec rire et pleurer
L'Humanité conjugue un seul verbe : Ignorer?
On peut fouiller la terre, et creuser jusqu'au centre
Pour voir quels embryons elle porte en son ventre;
On peut se balancer dans l'Espace mouvant,
Lire au front du Nuage, ouïr la voix du Vent,
Donner à ses regards les Étoiles pour cible —
Le Sphinx n'a point d'Œdipe : il demeure impassible
Au seuil de ces déserts lugubres et taris

Que les Religions peuplent de leurs débris.

Quoi d'étonnant alors qu'un vaincu se décide
Par une nuit d'angoisse horrible au Suicide ?

DILEMME.

Si je veux supporter la Misère effroyable
Noblement, hautement, le noir Destin m'accable ;
Et si laissant aller mon cœur à son désir
Je cueille sous mes pas une fleur de Plaisir,
Le noir Destin m'accable encore et me dit : Lâche,
Retourne à ton taudis et retourne à ta tâche,
Meurs à la peine, sois l'esclave mal noté
Du labeur sans espoir et de la Pauvreté !

A cela, je pourrais répondre comme un autre ;
Et, lassé du fumier obscène où je me vautre,

Prendre quatre morceaux de charbon, à huis clos,
Et prier le néant d'étouffer mes sanglots....

. . . .

. . . .

VRAIS TRIOLETS DE MISÈRE.

I.

LE VENT.

Pourquoi pleures-tu, dit le Vent,
Le vent d'hiver chargé de plaintes?
Ton cas est donc très-émouvant!
Pourquoi pleures-tu, dit le Vent?
Es-tu le seul être vivant
Qui puisse chanter des complaintes?
Pourquoi pleures-tu, dit le Vent,
Le vent d'hiver chargé de plaintes?

MOI.

Je répondis au Vent d'hiver :
Les autres sont joyeux, je souffre.

Cette existence est un enfer !
Je répondis au Vent d'hiver.
Le spleen, ce camarade amer,
M'entraîne à grands pas vers un gouffre !
Je répondis au Vent d'hiver :
Les autres sont joyeux — je souffre !

LE VENT.

N'écoute pas les violons,
Ni les amoureuses antiennes.
Paris a bien d'autres flonflons,
N'écoute pas les violons ;
On voit du trottoir jusqu'aux plombs
Plus rudes douleurs que les tiennes.
N'écoute pas les violons,
Ni les amoureuses antiennes.

LE VENT.

Écoute ce que je te dis
En gamme mineure très-triste.
Entends-tu la voix des maudits,
Écoute ce que je te dis.
Tu te croiras au Paradis
Dans cette cellule d'artiste.
Écoute ce que je te dis
En gamme mineure très-triste.

II.

LES VOIX APPORTÉES PAR LE VENT.

UN AFFAMÉ.

Je n'ai pas mangé depuis dimanche,
Et c'est mardi soir, presque minuit.
Voici le boucher! Dieu! quelle tranche!
Je n'ai pas mangé depuis dimanche!
J'entends remuer la pâte blanche!
Le boulanger geint, et le pain cuit.
Je n'ai pas mangé depuis dimanche,
Et c'est mardi soir, presque minuit...

UN NUMÉRO D'HOPITAL.

Je me tords la nuit sur ma dure couche,
Et je mords mes poings pour ne pas crier;
Comment assoupir la douleur farouche?
Je me tords la nuit sur ma dure couche.

Pourtant je me tais ! Si j'ouvrais la bouche,
Ils viendraient encor pour me tenailler.
Je me tords la nuit sur ma dure couche,
Et je mords mes poings pour ne pas crier...

UN GRIBOUILLE TRAGIQUE.

Tonnerre de sort ! il pleut à verse !
Si j'avais de quoi dormir un peu...
C'est si bon un lit très-chaud qui berce !
Tonnerre de sort ! il pleut à verse !
Sous ce pont désert que je traverse
La Seine m'attire en son drap bleu...
Tonnerre de sort ! il pleut à verse !
Là, j'aurai de quoi dormir un peu...

LA DÉLAISSÉE.

J'allumerai ce charbon,
Et fermerai la fenêtre.
Le marchand dit qu'il est bon,
J'allumerai ce charbon.
Que fait-il, mon vagabond ?
Avec une autre peut-être...
J'allumerai ce charbon,
Et fermerai la fenêtre...

UN PASSANT SUSPECT.

Le premier qui passe, il faudra lui dir   .
La bourse ou la vie! on est homme enfin!
J'ai mendié; l'on m'a dit : Tu veux rire.
Le premier qui passe, il faudra lui dire.....
Oh! minuit! L'enfant n'aura rien à frire;
Il faut bien voler ou mourir de faim!
Le premier qui passe, il faudra lui dire :
La bourse ou la vie.... On est homme enfin!...

LE FAILLI.

Demain matin, c'est la faillite,
Avec le déshonneur au bout.
Ma fille dort, pauvre petite !
Demain matin, c'est la faillite !
Moi ! dans cette fiole maudite
Je vais boire mon dernier coup...
Demain matin, c'est la faillite
Avec le déshonneur au bout...

LE CONDAMNÉ.

Hé! qui m'appelle là? — Serait-ce le bourreau? —
Non — c'est l'ombre du mort qui me poursuit en rêve—
Il me semble le voir cloué sur le carreau —
Hé! qui m'appelle là? — Serait-ce le bourreau? —
Dire qu'ils me mettront dans leur noir tombereau,
Après m'avoir fendu, comme on fend une fève —
Dieu! qui m'appelle encor? — Serait-ce le bourreau?
Non! c'est l'ombre du mort qui me poursuit en rêve. —

III

LE VENT.

Qu'en dis-tu,
Eh! beau masque?

Cœur battu,
Qu'en dis-tu?
Ta vertu
Est bien flasque.
Qu'en dis-tu,
Eh! beau masque?

ESPOIR!

. . . . , ...

Eh! lassé du fumier obscène où je me vautre,
Moins patient que Job, je pourrais comme un autre
Prendre quatre morceaux de charbon, à huis clos,
Et prier le néant d'étouffer mes sanglots.

Mais non, malgré le sort et l'Ironie amère,
J'entends le vol lointain de la jeune chimère :
Tu seras roi, me dit le spectre souriant,
Tu seras riche comme un prince d'Orient,
Tu seras glorieux, et sur toutes les têtes
Ton pied promènera le pas fier des conquêtes.
Endors-toi! Ta douleur dormira, ta douleur

Disparaîtra demain; la gaieté toute en fleur
Éclôra de nouveau ; la femme n'est qu'un rêve,
Un rêve qu'un soupir de ton âme soulève ;
Il paraît grand et beau, mais que ta volonté
Souffle dessus, ce n'est rien en réalité.

Q'importe ta beauté, qu'importe la statue ?
Elle sera par les mains du temps abattue.
Et d'autres te viendront sur ton chemin, enfant,
Peupler de leurs amours le cœur du triomphant,
Enlacer de leurs bras ton front et ta couronne,
Et dire : Ce que j'ai d'amour, je te le donne.
Celle-là qui t'a fui sera morte, comme un
Beau nuage qui va grossir l'égout commun ;
D'autres belles cent fois et cent fois plus aimantes
Apaiseront cette âme aux muettes tourmentes.
Va vaincre ! Tu le sais, les volatiles cœurs
Des femmes sont la proie ardente des vainqueurs.

Qu'importe ta misère absurde, et la tenace
Obsession du froid usurier qui menace ?
L'imagination t'élargit l'avenir :
Un ciel plein de palais longs à n'en plus finir,
Avec de merveilleux festons, des astragales,
Avec les diamants des Héliogabales,
Des boudoirs enivrés de modernes parfums,
Des cirques et des bains dignes des temps défunts,

Et des sofas et des lustres et des antiques,
Et l'éternel soleil illustrant les portiques.....
Dors, enfant, en songeant au splendide avenir.

Et j'ai soufflé la lampe amère, pour dormir.

PROMENADE.

Quand la nuit se répand sur la terre,
Je m'en vais par le bois solitaire
Loin du bruit et du rire moqueur,
Le silence est profond sous les chênes,
Tout s'apaise, et les cris et les haines,
Et j'entends la chanson de mon cœur.

Tout est beau dans la nuit insondable,
O mes yeux, vers l'azur formidable
Levez-vous La tristesse s'endort !
L'horizon s'obscurcit en silence :
Ariel vers les astres s'élance,
Allumant toutes les lampes d'or.

O mon âme ! soyez attentive
Écoutez la musique captive
Qui s'évade à travers la forêt :
C'est le chant vieux et neuf de Zéphire,
Un murmure alangui qui soupire
Comme si la nature pleurait.

C'est la voix des coteaux, des vallées,
C'est l'accord des hauteurs étoilées
Qui me font, plein de rêves, songer.
On respire une amour infinie,
C'est ta séve, ô nature bénie !
Et je veux, loin de tous m'y plonger.

Et je vais par le bois solitaire,
Quand la nuit se répand sur la terre,
Loin du bruit et du rire moqueur.
Le silence est profond sous les chênes,
Tout s'apaise, et les cris et les haines,
Et j'entends la chanson de mon cœur.

RÉVEIL.

Ce cauchemar! Combien de temps a-t-il duré?
Je ne sais pas: trois mois? six mois? — Est-il donc vrai
Que je t'aie appelée, ô mort, ô destructrice,
Dans un inexprimable et farouche caprice
D'enfant gâté qui veut prendre la lune aux dents,
Et tout de suite voir ce qu'il y a dedans?

C'est là dans cette chambre étroite où je travaille;
Où le soleil, trouant la fenêtre qui baille,
Fait danser la poussière en tourbillons et fait
Ruisseler le bon rire ancien qui m'échauffait.

O cher soleil de mai, qui nous fais vivre et rire,
Qui chasses le vieux spleen, et chasses le vampire,
Salut ! Le cauchemar mortel a duré trop ;
C'est bien ! que le cheval de la nuit, au galop
Fuyant devant le clair Phoïbos aux grandes ailes,
L'emporte à tout jamais loin de mes deux prunelles !

D'APRÈS L'ANTIQUE.

Douleur! tu n'es qu'un mot, un vain mot, je te brave.
Que la fièvre en mon sein verse tous ses poisons;
Qu'on raye de mes jours les riantes saisons;
Et qu'on ravisse la lumière à mon œil cave.

Que l'amitié pour moi n'aît que des trahisons;
Que sur mon nom flétri la médisance bave,
Qu'un affranchi d'hier, esclave fils d'esclave,
Peuple de sénateurs l'exil et les prisons!

Que je sois condamné par le Destin, ce lâche,
Et qu'un licteur demain me frappe de sa hache!
Qu'importe cette vie affreuse et ce trépas?

J'ai suivi les leçons des sages du Portique,
Drapé dans mon orgueil comme un héros antique,
Je puis être brisé; mais je ne plierai pas!

SUR LA ROUTE DE CHARENTON.

Enterrement étrange !
Un ange
Est cloué dans un cercueil.
Quatre lourdes guitares
Bizarres
Cahotant, mènent le deuil.

Dans une âcre fumée
Formée
Par les pipes de l'amant,
L'ombre de la maîtresse
Traîtresse
S'avance tranquillement.

Plus loin, une bouteille
Très-vieille,
Dont on a bu le cognac,
Sur le pavé qui glisse,
Esquisse,
Son pas d'ivrogne en zigzag.

Un fantôme revêch,
La dêche,
Sous un chapeau défoncé
Ouvrant sa gueule énorme,
S'informe :
Qui des siens est trépassé.

Le spleen diabolique
Réplique :
C'est un cœur de mirliton
L'âme d'un très-chouette
Poète,
Qu'on emporte à Charenton.

La bouteille grivoise
Dégoise :
J'ai ramolli son cerveau.
Oh! dit la femmelette
Squelette,
Mes flancs furent son caveau.

Les guitares, boiteuses
Chanteuses,
Grinçant avec désespoir
Geignent : La poésie
Transie
Est un lugubre éteignoir.

Or, ma carcasse infâme,
Sans âme,
Sortant du fond des égouts,
Regarda d'un air bête
Ma tête
Aller au pays des fous.

Depuis lors, par la ville
Servile
Et parmi les libres champs,
Comme en terre étrangère,
Seul j'erre,
Sans raison, hurlant des chants.

DON QUICHOTTE

Quand ils eurent bien ri du seigneur don Quichotte,
Cet obstiné suiveur du géant Idéal,
Ils allèrent porter leurs offres à Baal
Et devinrent les purs esclaves de la cote.

N'ayant cure de rien : soufflet ni coup de botte,
Ils montrèrent à tous le projet trivial
De faire de la vie un banquet bestial,
Et ramassèrent l'or à pleins poings, dans la crotte.

Le poëte marchait comme un vieux fou, levant
Son front échevelé pour écouter le vent,
Tandis qu'on partageait les bijoux et la somme.

Or le poëte eut faim et soif; mais l'on en rit.
Alors, foulant aux pieds son cœur et son esprit,
Il cr   : Don Quichotte est mort, vive Prud'homme !

ÉTANT A PARIS

CHANSON

Quand le marteau du vieux forgeron, le Destin,
M'écrase sur l'enclume ainsi qu'un liard de beurre,
Et rembarre au néant mon avenir éteint,
    Mon âme saigne et pleure ;
      Mais, étant à Paris,
       Pays blaguicole,
     Du matin au soir, j'en ris,
      Et rigole, rigole.

Quand cet horrible mal, la misère en habit
Jadis noir, en chapeau que l'usure défleure,
Me donne un nimbe obscur et froid de discrédit,
    Mon orgueil saigne et pleure ;

Mais, étant à Paris,
        Pays blaguicole,
Comme Diogène, j'en ris,
        Et rigole, rigole.

Quand sur le tapis vert peuplé de rêves d'or,
L'as de trèfle, ce dieu du triomphe, me leurre
Et que la guigne met à néant mon trésor.
        Ma bourse saigne et pleure ;
        Mais étant à Paris,
                Pays blaguicole,
        D'un rire jaune, j'en ris,
                Et rigole, rigole.

Quand la femme, ce doux synonyme d'ennuis,
Cette source de vie où Dieu veut que je meure,
Fait nocturnes mes jours, et diurnes mes nuits,
        Mon amour saigne et pleure ;
        Mais, étant à Paris,
                Pays blaguicole,
        Comme Méphisto, j'en ris,
                Et rigole, rigole.

Quand l'Idéal sur une bulle de savon,
M'ayant lancé vers la cité supérieure,
Souffle, et que je m'en vais où les bulles s'en vont,
        Mon rêve saigne et pleure ;
        Mais, étant à Paris,

Pays blaguicole,
Comme un philistin, j'en ris,
Et rigole, rigole.

Je ne suis pas le seul à me rendre pareil
Au cabotin qui ment et varie à toute heure :
Drame dans la coulisse, et farce au grand soleil,
Jean qui rit, Jean qui pleure ;
Mais je suis à Paris,
Pays blaguicole.
Et quand je pleure, je ris,
Et rigole, rigole.

CHIENNE DE MISÈRE.

A me sentir suivi par cette sale bête
Dans la rue, où les gens me regardent passer,
Je hâte mon pas lourd, tant j'ai honte, et ma tête
    Est contrainte de se baisser.

Vas-tu bien me lâcher, ô chienne de misère?
Quand n'aboieras-tu plus sur mes talons, et quand,
O galeuse enragée, âpre comme un ulcère?
    Voudras-tu me foutre le camp?

Si je dors je t'entends ululer dans mon rêve,
Compagne! et dans la nuit mauvaise je te vois;
Et, dès que le matin sur les toits bleus se lève,
    Tu m'éveilles de tes abois.

Pourquoi gueuler ainsi? Tes hurlements baroques
Attirent le tailleur qui réclame son bien;
Quand depuis de longs jours tes crocs ont mis en loques
    Mon habit qui n'est pas le mien.

Tous viennent à tes cris : la blanchisseuse morne,
Le gargotier lugubre, et l'hôte exaspéré,
Et jusqu'à l'habit bleu du monsieur à tricorne
    Qui me fait déguerpir, navré!

Il pleut! Comme un larron, il faut que je m'enfuie
Sous l'averse, moitié plongeant, moitié nageant :
Chienne, tu m'as perdu mon dernier parapluie,
    Et bâfré mon dernier argent.

Je n'entreprends jamais ni course, ni voyage,
A moins de m'en aller sur mes deux pieds fourbus;
Car tu m'as souvent fait refuser le passage
    Par les conducteurs d'omnibus.

Ce soir, va-t'en, ô bête infâme et saugrenue!
Vivent les chers flacons qui savent égayer :
Je suis ivre!... Mais quoi! te voilà revenue!
    C'est juste, puisqu'il faut payer.

Ton aboiement chronique éveillait ma maîtresse :
Las! elle a pris son vol, doux oisel ennuyé,

Vers le Veau d'Or, ce mufle idéal qu'on caresse,
    Et qui n'a jamais aboyé.

Enfin, je suis à bout : je voudrais te voir morte
Pour ne plus supporter ton contact suffocant.
Pour la dernière fois, regarde cette porte....
    C'est l'heure de foutre le camp.

SIFFLÉ

TRAGI-COMÉDIE EN UN ACTE.

La scène représente un parc. Un banc de bois au pied d'un chêne.
Dans le lointain d'une allée, une villa.

ROBERT.

Il entre, regarde autour de lui pour s'assurer qu'il est seul; jette son
chapeau et son manteau sur le gazon; puis tire sa montre de son
gousset.

Cinq heures moins un quart!... J'ai peu de temps à vivre.

Il s'assied et étend une corde sur ses genoux.

Comme un vin capiteux le suicide enivre...
Un soir, on est lassé de lutter, de courir
Après l'illusion qui fuit. — Il faut mourir!...
Puis on recule, on veut bannir cette pensée...
Arrière! — Elle vous tient âpre, jamais lassée.
Partout le tentateur!... C'est le fleuve, la nuit;
Le pistolet qui lorgne, ou le poignard qui luit;
A tous les coins de rue on trouve de la corde;
Chaque arbre du chemin en passant vous aborde,
Et vous dit : « Vois mes bras, ils sont forts et nerveux,

Tu peux y décrocher le néant, si tu veux ! »
Aux riches le poison, aux pauvres la rivière.
Plus de mille chemins mènent au cimetière...
On doit être là-bas superbement logé,
Car personne jamais n'a donné son congé...
Bast ! — Ma mort finira dignement la semaine.
Or récapitulons :

Il tire de sa poche un carnet et lit.

Mardi, date sereine,
La répétition générale ; — très-bien ! —
Joué mercredi soir, et... sifflé ! — Jeudi... rien.
Vendredi, lu journaux : critique impitoyable,
Éreintement ! — Quel coup de massue incroyable !
Pauvres illusions ! pas une n'est debout !
Sur ce drame maudit je jouais mon va-tout !
Rien — pas même l'honneur — ne m'est resté : Défaite !
Déroute !! Waterloo !!! J'entends là, dans ma tête,
Le bruit de leurs sifflets. — Poursuivons : samedi,
Fait mon bilan avec calme jusqu'à midi !
Écrit mon testament ! — Mes propriétés nettes,
Mes biens, tout compte fait, parbleu ! ce sont mes dettes.
Aussi, pour que mon oncle ait souvenir de moi,
Par épître autographe, et papiers faisant foi,
Ai-je choisi ledit oncle pour légataire !
Il m'a déshérité, lui ! par-devant notaire...
Moi ! noble cœur, poussé de bonne intention,
Je fais entrer l'ingrat dans ma succession.

Quel effet produira cette lettre posthume!...
Mais à propos de lettre!...

Il réfléchit.

Oh! comme de coutume,
Mon naturel distrait m'a fait faire un faux pas :
Je reçois une lettre, et je ne la lis pas...

Il se tâte.

Triste!... Un instant je l'ai mise sur mon pupitre...
Je suis sorti... De qui me venait cette épître?...

Il cherche dans ses poches.

Néant.

Il se lève, sa corde à la main.

Serait-ce vous, oncle au regard d'airain!
Oncle au cœur de granit, oncle sans loi ni frein,
Qui vers votre neveu Robert, avant qu'il parte
Pour là-haut, décochiez une flèche de Parthe?
Des malédictions peut-être, oncle grincheux!
De la prose enfiellée avec des mots fâcheux!
Mais que dis-je? O neveu, dont la sagesse est mince,
Du diable si ton oncle, au fond de sa province,
Songe à quelqu'un, sinon à l'ami coffre-fort!
Lui t'écrire? Allons donc... A vrai dire, j'ai tort
De chercher cette lettre introuvable. — Qu'importe
Le néant d'ici-bas, quand on ouvre la porte
Qui donne sur ce noir palier l'Éternité?

Il monte sur le banc et attache la corde à une branche.

Bonne corde!... Parfait! Joint la solidité
Au bon goût; quinze sols! C'est pour rien.

Il redescend

Sur la mousse

Déposons ce billet.

Il dépose un papier sur le banc.

Offrande triste et douce,
La dernière pensée et le dernier soupir
Et le rêve dernier d'un fou qui va mourir!
— Et voilà ce que c'est qu'aimer les grandes dames.
On veut être célèbre et riche; on fait des drames...
Et l'on se pend! — Quel dieu maladif, ivre et fou,
Ce seigneur Cupidon! il mène on ne sait où :
Moi! poëte — ou du moins entrepreneur de rimes —
J'aime, j'adore au point de commettre des crimes...
La veuve d'un banquier; oui, c'est là que j'en suis!
Je m'explique : c'est une Italienne... et puis
Si belle... avec des pieds!.. des mains!.. des yeux!.. Et le sourire
Et la morbidezza qui ne se peut décrire...
Veuve de cœur!... Un cœur que nul n'a pu toucher!
Oh! je me suis donné la peine de chercher.

Il se promène anxieux.

Voilà pourtant six mois que je l'ai rencontrée.
Que de vers, de sonnets! Dieu! quelle pannerée
De poëmes elle a reçus!

Qu'a-t-elle dit ?

Elle a dû se moquer de moi sans contredit.

Et songer que je suis chez elle, à quelques mètres

De sa villa. — D'ici je puis voir ses fenêtres...

Si j'allais la trouver, lui raconter tout... mais...

L'on me ferait jeter dehors par les laquais !...

Puis la timidité, ce démon qui m'obsède,

Qui me contorsionne, ou me fait tenir raide,

Me paralyserait auprès de la beauté

Que j'ose aimer... de loin. — Oh ! la timidité !!!

Mieux vaut...

Il remonte sur le banc ; puis se tournant vers la villa.

O ma divine, à l'heure où l'aube chante,

Quand tu viendras demain, pensive et nonchalante,

Respirer le matin, quel sera ton effroi,

En voyant là, bleui, dans son licol étroit,

Un jeune homme, bien mis, pendu dans ce feuillage,

Comme un vieil écriteau d'auberge de village ?

Spectacle assurément dépourvu de gaîté !

Peut-être diras-tu : C'est triste, en vérité !...

Surtout quand tu sauras d'où venaient tant de rimes,

De brûlants madrigaux, de sonnets anonymes...

S'interrompant.

Patati ! patata ! je fais là des discours

Qui n'ont tête ni queue, et les moments sont courts ;

Oh! du reste, j'étais d'une force héroïque
Pour faire des discours latins, en rhétorique!

Il fredonne tout en apprêtant un nœud coulant. Pendant ce temps paraît
Bellina; elle ne voit point Robert tout d'abord et n'est pas vue de lui.

BELLINA, son éventail à la main et un bouquet.

Le temps est doux; le ciel est pur comme un miroir;
Et le bois tout entier frissonne dans le soir;

Jetant son bouquet.

Ce parfum est un peu trop troublant : il m'enivre;
On dirait qu'en ce doux printemps il fait bon vivre!
Et je m'ennuie! Ah dame! il ne m'est rien venu
Depuis huit jours de mon beau rimeur inconnu.

ROBERT.

Il s'est passé la corde au cou, et s'apprête à donner
un coup de pied au banc.

D'un coup de pied, je vais partir pour l'autre monde.
Ainsi soit-il! Que Dieu m'ait en pitié profonde!

BELLINA, l'apercevant, se précipite et retient le banc.

Monsieur! que faites-vous?

ROBERT.

Madame, je me pends.

BELLINA.

Allez vous pendre ailleurs.

ROBERT, à part.

Ah! l'heureux guet-apens!
Pas fâché de me voir prisonnier.

BELLINA, à part.

Et personne!

A Robert.

Descendez donc!

ROBERT.

Cela vous plaît ?

BELLINA.

Je vous l'ordonne.

ROBERT, d'un air fin.

Si je me pends, je dois avoir quelque raison.

BELLINA.

Et moi je suis ici chez moi, dans ma maison.

ROBERT.

Mais de ma vie aussi je suis propriétaire;
Et je puis la jeter comme un cigare à terre,
Quand il ne vaut plus rien.

BELLINA.

C'est bon ; c'est entendu.
Mais descendez de grâce, ou j'appelle. — Un pendu !

ROBERT.

Cela porte bonheur, vous garderez la corde.

BELLINA.

Descendez-vous ?

ROBERT.

Avant, madame, que j'accorde
Ce dont vous me priez, par le ciel jurez-moi
De me laisser le temps de vous narrer pourquoi
Je viens là triste... et gai, plein d'amour... et de haine,
Suspendre ma personne à ce rameau de chêne.

BELLINA, s'éloignant.

Mais il est fou ! Quelqu'un !

Elle appelle.

John ! John !

ROBERT, vivement.

Ah ! par pitié,
Puisque le noir destin me fait cette amitié
De pouvoir vous conter cela, daignez m'entendre.

BELLINA, avec dignité.

Serait-ce une gageure?

ROBERT, ressaisissant sa corde.

　　　　　Eh bien! je vais me pendre.
Là, sérieusement, si vous faites un pas,
Si vous appelez John, que je ne connais pas,
Et n'ai point le désir de connaître, du diable
Si ce séide obscur trouve au bout de ce câble
Autre chose qu'un mort en arrivant ici.

BELLINA, à part.

Et personne!... grand Dieu! que je suis folle aussi
De me promener seule!

ROBERT.

　　　　　Oh! je mourrai très-vite;
Je suffoque aisément, ayant eu la bronchite.

BELLINA, à part.

Dam! c'est qu'il le ferait comme il le dit; mais, quoi!
Je ne puis le laisser se pendre devant moi!

ROBERT, poliment.

Tandis que s'il vous plaît de m'écouter, madame,
Pour vous élucider la chose, je réclame
De vous le temps qu'on met à dire quatre *Ave*.

Du reste, mes parents m'ont très-bien élevé,
Je ne vous dirai rien qui ne se puisse entendre.
A ces conditions je consens à descendre
Des hauteurs où je plane entre le ciel et vous...
Dans la comparaison le ciel a le dessous.

BELLINA, à part.

Il faut bien lui céder. L'aventure est piquante !
Après tout, il n'a pas la figure méchante.

A Robert.

Allons ! dites, monsieur.

ROBERT, descendant.

Mais pas de trahison !

BELLINA.

Ah ! de votre côté, le tact... et la raison,
L'esprit... et le bon goût... j'ai grand'peur, je vous jure...
Un pendu !!

ROBERT.

Je ne suis ni traître, ni parjure ;
Et n'étais point venu pour piller ni brûler.
Ni, j'en atteste ici ma corde, pour parler
A votre grâce...

BELLINA, l'interrompant.

Mais ?...

ROBERT.

Pour lâcher l'existence,
Et voir comme on se trouve au haut d'une potence.

BELLINA.

Suicide ! mon Dieu !

ROBERT, d'un ton dramatique.

Suicide acharné !
Lorsqu'on dit : Mieux vaudrait ne jamais être né !

BELLINA, interrogeant.

Ainsi, monsieur ?...

ROBERT, s'inclinant.

Robert.

BELLINA, interrogeant.

Robert... de ?...

ROBERT, simplement.

Carcassonne.

BELLINA, riant.

Excellente noblesse !

ROBERT.

On ne nuit à personne !
Et cela met à part du reste des Roberts,

Des Roberts du Cantal, et des Roberts du Gers,
Et de Robert le Diable, et de Robert-Macaire,
Et de sir Robert Peel, ministre d'Angleterre,
A qui l'on doit le libre-échange.

BELLINA.
En vérité,
Monsieur... de Carcassonne, un tel feu de gaîté,
A l'article de mort, est une noble chose!
Je soupçonne à cela, pourtant, une autre cause :
N'avez-vous point la tête un peu près du bonnet?
N'êtes-vous point trop... gai... trop?.. trop?.. pour parler net;
Ne seriez-vous pas fou?

ROBERT.
Mais non, je suis poëte.

BELLINA.
Vous voyez bien.

A part.
Poëte!... oh! oh!

A Robert.
Me voilà prête.

ROBERT, à part.
Je sens ma verve, et mon audace s'envoler...
O timidité! va!

BELLINA, voyant qu'il ne dit mot.
Vous vouliez me parler,

Elle s'assied sur le banc, et lui montre une place.

Monsieur...

Robert s'assoit loin d'abord, puis s'approche.

Oh ! mais plus loin !... je vous écoute.

ROBERT.

Madame...

BELLINA.

Eh bien, c'est tout?

ROBERT.

A vrai dire, il m'en coûte
Pour faire mon exorde, et je suis confondu.
Ne vaudrait-il pas mieux être là-haut pendu
Que de rester comme un pierrot, bouche béante,
A vous faire languir de façon peu séante?
Mais je ne sais vraiment par quel bout commencer.

BELLINA.

Eh bien! je serai bonne et vais vous confesser.

ROBERT, à part.

Elle est divine; allons, mon ami, soyons brave!

Humblement.

Confiteor. .

BELLINA.

Voyons quelle raison si grave
A pu vous pousser là, vous, poëte léger

Et si fou que la mort même ne peut changer
Votre sourire en pleurs, votre printemps en neige.
Il faut une raison plausible, une... que sais-je?
A moins que vous aimiez la strangulation :
Après tout, ce peut être une vocation.

ROBERT.

Non, certainement non ; mais la mort me réclame.

BELLINA.

Ah ! vraiment !

ROBERT, avec quelque emphase.

   J'ai plongé le scalpel dans mon âme,
Pesé le pour, pesé le contre, discuté
Contre moi-même, pour moi-même, et commenté
Le *Phédon*... dans le grec ; et j'ai pris, je l'avoue,
En tel mépris ce monde et son luxe et sa boue,
Que je ne voudrais pas laisser sur mon chemin
La trace d'un regret.

BELLINA.

   Comment le genre humain
A-t-il pu mériter cette haine profonde?...
Ce pauvre genre humain !...

ROBERT.

   Ce que m'a fait le monde ?

BELLINA.

Eh ! oui.

ROBERT.

Ce qu'il m'a fait, à moi?

BELLINA.

Certainement.

ROBERT.

Il m'a sifflé.

BELLINA.

Sifflé ?

ROBERT.

Catégoriquement.

BELLINA.

Tiens ! c'est juste... un poëte !

ROBERT, expliquant.

· Un volume, Lemerre
Éditeur, prix : trois francs.

Il se lève.

O destinée amère !
J'avais quelques succès parmi les délicats ;
Mais comme le vulgaire en faisait peu de cas,
J'ai voulu l'étonner, frapper un coup de maître...
C'est là que m'attendait le destin, ce vieux traître ! !

Il se rassied.

Or voici mon histoire en peu de mots : j'avais
Quatre-vingt mille francs en terres, je pouvais
En tirer bon profit, semer choux et carottes,
Planter des ceps de vigne et ramasser des bottes
De foin, j'aurais nourri des vaches, j'aurais fait
Avec de vieux plâtras collaborer le lait,
J'aurais renouvelé pour mon vin le déluge,
Comme un autre j'aurais usé de subterfuge ;
Bref ! j'aurais fait fortune, et j'aurais même été
Maire de ma commune et plus tard député.
Mais... mon père mourut, Dieu le garde ; ma tête
Me sembla contenir un cerveau de poëte,
J'entendais gazouiller des romans dans mon cœur !
Me voilà vers Paris parti d'un pied vainqueur.
Ayant réalisé mon petit patrimoine,
En or bien monnayé transmuté mon avoine,
De toutes les façons j'allais manger mon bien.
La poésie, hélas ! ne m'en a laissé rien !
Puis un soir, presqu'à bout d'argent, non de courage,
Comme un bénédictin je me mis à l'ouvrage.
Et j'accouchai d'un drame... oh ! n'ayez nul effroi,
Madame, heureusement je ne l'ai pas sur moi.
Enfin je fus joué... sifflé : chute complète !
Un cyclone, une trombe, un *forte* de tempête,
N'ont jamais égalé la puissance de voix
De quatorze cents clefs qui sifflent à la fois ;
Quelque chose qui geint, qui miaule et qui beugle,

C'est inouï, madame! Un bruit à rendre aveugle
Un sourd-muet; ils ont pulmonisé l'écho,
Et réveillé d'horreur l'ombre de Jéricho!

BELLINA.

C'est bien terrible!

ROBERT.

       Aussi, fuyant devant mon drame,
Je m'en allai la honte au front, la mort dans l'âme.
C'est un effondrement qu'un semblable début :
Ma bourse est sans argent et ma vie est sans but;
Quand on a pu si bas et si profond descendre,
Pour remonter un peu, madame, on va se pendre.

                Il remonte sur le banc.

    A part.

Bien. Oh! la sotte idée!

BELLINA, à part.

       Il ne se pendra pas...
Un faux pendu gascon!

ROBERT, à part.

       Mais voilà l'embarras!
Je ne sais que lui dire.

     Il·fait mine de se passer la corde au cou.

BELLINA.

       Eh! là... monsieur?

ROBERT.

Madame...

BELLINA.

Pardon de vous troubler ainsi, mais...

ROBERT.

Mon programme
Dit : cinq heures, pendu... la corde attend.

BELLINA.

Eh bien !
Qu'elle attende, je veux renouer l'entretien ;
Je veux, entendez-vous ?

ROBERT.

Un ordre ! à la bonne heure ;
J'inscris sur mon carnet : retard, force majeure.

BELLINA.

Inscrivez. A propos, savez-vous la leçon ?

ROBERT.

Quelle leçon ?

BELLINA.

Mon Dieu... soyez plutôt maçon !

ROBERT, vivement.

Ah ! voilà le grand mot de sagesse bourgeoise !
Lorsqu'entre vieux banquiers, sans gêne l'on dégoise
Sur les choses de l'art, et qu'un monsieur a dit :

« Un tel est mort de faim hier soir,... sans contredit
C'est bien fait... il voulait être l'oiseau qui chante...
N'aurait-il pu ponter et gagner sur la rente? »
C'est bâclé. C'est si bon de rire un peu des fous
Qui cherchent quelque chose au-dessus des gros sous.
Eh bien, moi...

BELLINA.

Mais, monsieur, descendez...

ROBERT. Il descend.

Moi qu'un rêve
A poussé, poursuivi, persécuté sans trêve,
Pour me jeter dans les ornières du chemin,
Moi qui ne verrai pas l'aurore de demain,
Après avoir posé mon pied mélancolique
Dans tous les cercles noirs de l'enfer poétique,
Après avoir usé le cœur, l'esprit, la foi,
L'amour, l'illusion... jusqu'à la corde! moi...

BELLINA.

Oui, vous?

ROBERT.

Moi je déclare ineptes, sans conteste,
Tous les banquiers du globe!

BELLINA.

Allons, bon!

ROBERT.

Oui : j'atteste
Qu'Alaric, Attila, les Hurons, les Sioux,
En tuant, en scalpant, sont trois cents fois plus doux
Que ces hommes de bourse, écrasant un poëte.

BELLINA.

Sans doute, leur orgueil est sottise complète...
Mais... Molière ?

ROBERT.

Molière ?

BELLINA.

Est-ce encore un bourgeois ?
Un philistin ? un vil boursier ? un iroquois ?

ROBERT, très-conciliant.

Mon Dieu, non.

BELLINA.

Et pourtant il a couvert de honte
La muse de Cottin et le sonnet d'Oronte.

ROBERT, mélancoliquement.

Molière avait raison : il était le plus fort.
Cela rend-il moins dur le sombre arrêt du sort
Qui donne à Trissotin un vain amour de gloire,

Lui met entre les doigts la plume, et laisse croire
A cet ambitieux que, dans son encrier,
Vont germer tout à coup des moissons de laurier?...
Puis, un soir, Trissotin voit son erreur et doute,
Et, triste, se penchant sur la foule, il écoute
Le bruit sec et moqueur des sifflets du passant...
Et dans sa rêverie il rentre en frémissant.
On s'est moqué de lui sans vergogne, et Molière
A jeté sur ce fou sa bile tout entière...
Il en est mort, et nul ne le plaint ici-bas;
Mais si l'on rit encor, si l'on ne s'émeut pas...
Moi, l'un de ses neveux, je me lamente et pleure,
Et verse ma pitié sur sa noire demeure.

BELLINA.

Début original! poursuivez.

ROBERT.

Par le ciel
Est-on cause des tours mauvais d'un sort cruel?
Nous a-t-on consultés?

BELLINA.

Non, sans doute.

ROBERT.

J'enrage
De voir comme on prodigue à pleines mains l'outrage,

Le sarcasme haineux qui déchire et qui mord
Sur ces vaincus de l'art, mal gardés par la mort ;
On a fait immortel pour eux le ridicule,
Et leur honte jamais n'aura de crépuscule
Ni de repos ! Contre eux le monde est soulevé...
Pourquoi ? Quel est leur crime ? hélas ! ils ont rêvé !

BELLINA.

Bravo !

ROBERT.

Moi, je les plains ces inconnus sans nombre,
Pour qui la destinée a créé des jours d'ombre,
Les tenant dans la nuit lugubre et sans sommeil,
Eux qui tournaient leurs fronts vers l'astre du soleil.

BELLINA.

Bravo ! Bravo !! Bravo !!!

ROBERT.

Loin des routes connues,
Après s'être élancé par le bleu dans les nues,
Quand on a dépassé l'Alpe et l'Himalaya,
Lieux où jamais la prose absurde n'aboya,
Quand on a coudoyé le condor qui s'égare...
Et que l'on s'est cassé les ailes, comme Icare,
Et qu'on est retombé du monde aérien,
Ne sachant plus marcher sur terre, propre à rien
Des choses qui se font sur la plate surface

De ce globe mesquin... que voulez-vous qu'on fasse ?

BELLINA.

Faites-vous avocat.

ROBERT, étonné.

Avocat ?

BELLINA.

Vous parlez
Comme un livre ; presto, vous allez, vous allez...
Croyez-moi : laissez là le fatras poétique ;
Car pour être un élu dans le ciel politique,
Parler pour ne rien dire est un certificat.

ROBERT, horriblement attristé de cette perspective.

Mieux vaut être pendu, madame, qu'avocat.

BELLINA.

Ah ! Dieu ! vous m'agacez à la fin, et... j'éclate —
Peut-on imaginer une raison plus plate
D'abandonner la vie ?... un poëte sifflé !
Belle affaire, vraiment ! un sot rêve envolé !
Comme si chaque fois qu'une illusion tombe,
On devait pour jamais s'enfermer dans la tombe.
Vous me faites pitié. Je n'aurais jamais cru,
Je ne crois pas encore au projet incongru
De vous pendre à cet arbre avec autant d'aisance,

De sans-gêne ; et cela, monsieur, en ma présence !
Quitte à me faire avoir une attaque de nerfs.

ROBERT.

Madame... désolé...

BELLINA.

Pour quelques pauvres vers !
Pousser ce cri lugubre et cette plainte amère !

ROBERT.

On sent ce que l'on sent.

BELLINA.

Vous avez une mère ?

ROBERT.

Non.

BELLINA.

Une sœur ?

ROBERT.

Non.

BELLINA.

Mais... alors des cœurs amis ?

ROBERT.

A l'auteur qu'a frappé la foule est-il permis
De goûter l'amitié ? Non.

BELLINA, baissant la voix.

Mais.... une maîtresse ?
Quelque part, loin de tous, une douce caresse
Qui calme vos ennuis ? n'êtes-vous pas aimé ?

ROBERT.

Je n'ai l'affection d'aucun être animé,
Non, pas même d'un chien.

BELLINA, qui aperçoit la lettre déposée sur le banc, à part.

L'écriture ! elle-même.
C'est lui ! pauvre garçon. Je vais bien voir s'il m'aime !

ROBERT, à part.

Elle ne répond pas ! (répétant) non pas même d'un chien.

BELLINA, comme réveillée.

Ah ! oui, d'un chien ! c'est vrai : vous n'avez rien de rien
Qui vous aime; mais vous ?

ROBERT.

Moi ?

BELLINA.

N'avez-vous en rêve
Que des drames et nul souci des filles d'Ève ?

ROBERT.

Peut-être.

BELLINA.

Voyez-vous.

ROBERT, à part.

Allons ! c'est le moment.
(Haut.) Oui, madame, mon cœur est plein d'enivrement...

BELLINA.

Bien.

ROBERT, hésitant.

J'aime...

BELLINA.

Vous aimez.

ROBERT.

Une femme...

BELLINA.

Une femme ?...

ROBERT, de plus en plus intimidé.

Adorable... qui... dont...

BELLINA, riant.

Oh ! mon Dieu ! quelle gammne !

ROBERT, troublé.

Un ange de beauté... (à part.) Coquin, parleras-tu ?
Elle rit, c'en est fait, au diable l'impromptu !

BELLINA.

Eh bien !

ROBERT.

Je l'aime, mais...

BELLINA.

Mais quoi ?

ROBERT, furieux.

Mais... est elle morte !

BELLINA

Hélas ! — cherchez alors quelque passion forte,
Une chose puissante, un levier, un ressort,
Qui vous fasse raidir contre les coups du sort.
Pour ceux qui veulent bien, il est de nobles causes,
Où l'on fait, sans parler, des actes grandioses :
La poésie existe aussi dans les combats,
Et l'on se fait tuer, mais l'on ne se pend pas.

ROBERT.

Vous parlez d'or, madame, et je voudrais vous croire ;
Mais pour être un héros, même obscur et sans gloire,
Pour tomber en martyr, il faut... l'occasion.

BELLINA.

Trouve qui peut ! J'en tire une conclusion :
Si l'on revient bredouille, épuisé, poitrinaire...

On cesse de chasser à l'extraordinaire ;
On suit le grand chemin pour y marcher toujours.
Oui, oui, vous avez pris l'existence à rebours.
Il faut la retourner comme un gant. De poëte
Vous deviendrez banquier. La chose une fois faite,
Croyez ce que je dis : vous ne vous plaindrez pas.
Vous regardez en l'air : les fleurs sont sous vos pas.
Pourquoi donc préférer l'illusion, le rêve,
A la réalité ? Pourquoi mettre la sève,
La force et l'énergie, et le pouvoir vainqueur,
Tout, tout dans votre tête, et rien dans votre cœur...

ROBERT.

Et, par le ciel ! mon cœur au contraire déborde !

BELLINA.

De quoi donc ?

ROBERT.

Du désir de vivre.

BELLINA.

                              Cette corde
Prouverait autre chose.

ROBERT, à part.

                    O Dieu ! c'est infernal !

Haut. Le monde est trop blasé, trop moqueur, trop banal,
Pour...

BELLINA.

La banalité peut être romantique.
Et ce doit être avec un élan poétique
Que votre cœur s'élève et s'envole parfois
Vers vos parents perdus, bien qu'ils fussent bourgeois.

ROBERT, rêveur.

Oui, vous avez raison, je me souviens : la chambre
Était bien grande, et comme on était en décembre,
On avait fait bon feu. J'étais enfantelet ;
Ma mère dont la voix limpide s'envolait,
Pareille au chant lointain d'une harpe argentine,
Me faisait réciter ma prière latine ;
L'aïeule à cheveux blancs sommeillait près du feu ;
Je vois encor son front qui vacillait un peu...
Puis, mon père arrivait tout à coup : grande fête :
Le chien de la maison aboyait à tue-tête...
Mon père me prenait, avec un rire doux,
Et me faisait sauter, joyeux, sur ses genoux...
C'est bien là mon meilleur rêve de poésie !

BELLINA.

Et n'avez-vous pas eu parfois la fantaisie
De vous faire un bonheur semblable à ce bonheur ?

ROBERT.

Souvent ; mais pour mener la chose avec honneur,
Il faut être au moins deux.

BELLINA.

Dam! l'on prend patience.
Et pour être tout prêt à l'heure de la chance,
On garde dans son cœur un oasis charmant;
Pour attendre, on se fait à soi-même un roman,
Une idylle couleur de lilas et de rose...
Et moi-même... je puis vous raconter la chose,
Et vous me garderez, je pense, le secret.

ROBERT.

Oh! madame, un pendu ne peut être indiscret.

BELLINA.

Eh bien! j'ai mon roman naïf, moi, fille et femme,
Et... veuve de banquier, dont l'ennuyeux programme,
Dont l'occupation unique est, chaque jour,
De causer avec Pierre ou Paul engrais, labour,
Semis, pluie ou gelée, et de discuter ferme
Avec un métayer le rapport d'une ferme;
D'être mon intendante à moi-même, et de voir
A bien concilier le doit avec l'avoir.

ROBERT.

Vie occupée!

BELLINA.

Oh! oui... Les valeurs et la banque,
Le trois pour cent, le quatre et demi... rien n'y manque!

Les actions du Nord, l'Orléans, les canaux,
Les emprunts étrangers biennaux, quinquennaux,
Les mines, le Suez, et le Transatlantique,
Et les on-dit de la Bourse! et la politique !...
Et les agents de change !... et les hommes de loi :
Avocats, avoués, tirant chacun à soi...
Procès !... oh! les procès !... plaidoirie entendue,
Arrêtés, jugements !... J'ai la tête fendue !...
Et je hais tellement un semblable milieu
Que je suis au regret d'être veuve...

ROBERT.

Mon Dieu !

BELLINA, l'interrompant.

Vie occupée !... avec tant d'affaires majeures,
A peine chaque jour ai-je quatre ou cinq heures
Pour ma toilette...

ROBERT, trouvant ce chiffre bien suffisant.

Au fait...

BELLINA, rectifiant.

Et mes visites ! mais
Malgré tous ces ennuis qui ne cessent jamais,
J'ai conservé mes droits à l'aventure, au rêve...
Pas d'intrigue banale, oh ! non ; je suis en grève...
Les déclarations? je les connais par cœur ;
L'air coquet, l'air penché, l'air sombre, l'air vainqueur,

Tous les airs, pas nouveaux, que chante Lovelace
Me font rire, ce n'est qu'une laide grimace,
Dont on pourrait pleurer, mais qui me réjouit :
Une fumée ! un rien ! cela s'évanouit
Au vent de l'éventail.... J'ai mieux : une folie.

ROBERT, à part.

Je suis sur des charbons !

BELLINA, avec quelque ironie, et surveillant Robert.

J'arrivais d'Italie
Depuis huit jours ; un soir je rentrais ; je reçus
Une lettre, un poulet, ma foi ! Des vers tissus
Assez bien pour la forme ; et le fond très-lyrique,
Un peu fou, mais avec un ton mélancolique,
Amoureux et suave ainsi qu'un chant d'oiseau....
Ces rimes me prenaient dans un subtil réseau,
Et m'emportaient, sur leurs ailes, loin de la terre...
Je ne sais trop pourquoi, mais je me laissais faire...
On a de ces moments. — Revenue à la fin
De ce lointain bleuâtre où vit le séraphin,
Je désirais avoir le mot de l'aventure....
Je tourne le feuillet... Rien, pas de signature...
La chose se complique. Après avoir rêvé,
Quelque peu, sur le cas, je crus avoir trouvé :
Un de mes soupirants est l'auteur du poëme...
Et me voilà cherchant le plus fou, le plus blême,
Pour en faire un poëte... Oh ! je ne trouvai pas.
Tous raides, tous fleuris, effet des bons repas !

J'y perdais mon latin, ce qui me fut facile ;
Or, comme à mon appel le sommeil fut docile,
Que nul rêve ne vint le troubler, dans l'oubli
Cet incident allait rester enseveli ;
Mais après quelques jours, nouvel envoi, nouvelle
Modulation sur cet air : Vous êtes belle,
Madame, et je vous aime. Alors je cherchai bien :
L'écriture? inconnue ; et mes souvenirs? rien.
Les jours passaient, les vers arrivaient par douzaines !
Des strophes ! des sonnets ! j'en avais les mains pleines.
Cela me paraissait très-drôle, et me plaisait...
Un amant inconnu qui me pétrarquisait !
J'étais Laure... la muse et la déesse unique...
Mais cela menaçait de devenir chronique,
Il fallait y songer ; j'y songeais malgré moi...
Beaucoup trop... je compris, un jour, non sans émoi,
Que l'inconnu prenait je ne sais quel empire
Sur ma pensée... Et moi qui ne faisais qu'en rire...
L'aimerais-je? mais non ! J'attends sans grand désir
Les lignes de sa main, mais ce m'est un plaisir
De me le figurer, à travers ma pensée,
Beau, noble et généreux... La chose est insensée...
Comprenez-vous cela? (Le regardant fixement).

                      Ce peut être, aussi bien,
Quelque affreux va-nu-pieds, audacieux vaurien,
Qui hante les tripots, jure et boit de la bière,
Poëte du ruisseau, coutumier de l'ornière,
Avec de grands cheveux tombant sur un haillon,

Chenille qui ne peut devenir papillon...

ROBERT, vivement.

Oh! madame, cela n'est qu'une calomnie.

BELLINA.

Bah! vous le connaissez?

ROBERT.

Non certes; mais je nie...

BELLINA.

Oh! oh! regardez-moi, monsieur.

ROBERT.

Mais de grand cœur.

BELLINA.

Non, pas comme cela; je suis un confesseur,
Laissez-moi lire au fond la vérité complète.
Donc vous connaissez mon inconnu? mon poëte?

ROBERT.

Peut-être un peu.

BELLINA.

Beaucoup?

ROBERT.

Assez.

BELLINA.

Comment est-il...

Au moral?

ROBERT.

Mais, très-triste... et très-gai.

BELLINA.

C'est subtil...

Au physique?

ROBERT.

Ni bien ni mal de sa personne.

BELLINA.

De quel pays?

ROBERT, s'inclinant.

Madame, il est de Carcassonne.

BELLINA.

Comme vous?

ROBERT.

Comme moi.

BELLINA, feignant la surprise.

C'est une trahison
Atroce, et tout cela n'a rime ni raison...
Et moi qui vous contais bonnement... je retire...
D'ailleurs, je n'ai rien dit, je n'ai rien pu vous dire.

ROBERT.

J'en conviens, mais de grâce...

BELLINA.

Encor?

ROBERT. Il prend le billet sur le banc.

Lisez ceci :

Vous verrez...

BELLINA.

Je ne veux rien voir du tout.

ROBERT.

Ainsi
Jusqu'au dernier moment la fortune est cruelle !
Conspués par la foule, et repoussés par elle,
Tristes fruits de ma veille, ô pauvres vers, allez !
Vous n'avez pas de chance !

BELLINA.

Eh ! mon Dieu ! donnez-les !

Elle lit.

I

Écoutez : ceci fut mon rêve,
Rêve d'enfant, rêve de fou,

Obstiné, sans cesse ni trêve,
Qui m'a conduit... je ne sais où.

II

J'avais vu, par la nuit sereine,
Une étoile, perle des cieux,
Et c'était comme une sirène
Qui parlait tout bas à mes yeux.

III

J'ai voulu m'envoler vers elle,
Pauvre Icare malavisé ;
L'orage a déchiré mon aile,
Et je suis retombé brisé.

IV

Mon rêve n'est qu'une fumée ;
J'ai perdu ma vie ici-bas...
Adieu ! vous que j'ai tant aimée !
Je vais d'où l'on ne revient pas.

BELLINA, à part.

Que faire ?... maintenant il a des espérances...
Que dirait-on ? du moins, sauvons les apparences :
C'est le plus important... Grand Dieu ! s'il m'entendait !

S'avançant vers Robert.

J'ai sauvé de la mort un fou qui se pendait,
Oh! ne m'en faites pas repentir, je vous prie.

ROBERT.

Madame!

BELLINA.

Tout cela n'est que plaisanterie!
Et vous m'aimiez bien peu pour mourir si gaîment!

ROBERT.

Scepticisme et gaîté, les dehors du moment!
Mais cela n'est qu'un masque. Aujourd'hui l'on a honte,
Quand un sentiment vrai du cœur aux lèvres monte,
De le laisser tout franc sans le défigurer,
Et la lèvre sourit quand le cœur va pleurer.
Ainsi l'on vit, ainsi l'on meurt : c'est un mensonge!
Moi que depuis six mois un cruel ennui ronge,
Je crains de vous paraître impertinent et sot;
Et pourtant, j'ai besoin de vous dire un seul mot :
Je vous aime à jamais d'une amour peu commune,
A vous ma vie et ma... (Se reprenant.) J'allais dire : fortune!

BELLINA.

Pauvre garçon!

ROBERT.

Pardon ! j'oublie à tout moment
Que sur mon manuscrit je me suis fait serment
De me tuer, que mon drame est tombé par terre ;
Que je suis ruiné ; que la hart solitaire
Mélancoliquement pend à ce rameau vert,
Attendant la pratique, et que j'ai mon couvert
Mis, pour ce soir, là-bas, chez Pluton. (A part à lui-même.)
                                        Quelle honte !
Ah ! méchant étourdi ! je vais régler ton compte !

On sonne à la villa.

BELLINA, à part.

Cela met une fin à tous ces embarras !
(A Robert.) Vous voilà raisonnable, offrez-moi votre bras.

ROBERT.

Non, madame.

BELLINA.

Comment ? vous avez, je suppose
Oublié pour toujours votre projet morose,
Vous me le promettez... Et... si j'ai quelques droits
A vos remercîments, le jour où je reçois,
Le jeudi, vous viendrez, et ce sera la preuve
Que vous ne songez plus à cette corde neuve.

ROBERT.

Je n'y songerai pas ; mais — je ne viendrai point
Gâter ce doux roman. Je m'en irai bien loin,

Sans regarder derrière, au fond d'une contrée,
Vivre au diable vauvert une vie ignorée.
Ainsi, vous garderez un peu mon souvenir;
Du moins je ne serai pas là pour le ternir.

BELLINA, à part.

Peut-être il a raison.

ROBERT.

Et j'ai d'ailleurs un vice
Ridicule, odieux, qui courbe et rapetisse,
Un vice qui bannit du milieu des heureux;
Il faut que j'en guérisse avant d'être amoureux.

BELLINA.

Et c'est?

ROBERT.

La pauvreté. Pauvre sans hyperbole !
Pauvre à rendre des points à Job... pas une obole.

Il retourne ses poches, une lettre tombe de la doublure sans qu'il s'en aperçoive.

Vous voyez, j'ai raison de partir.

Il salue ; fausse sortie.

BELLINA.

Arrêtez !...

Ce papier.

ROBERT.

Quel papier ?.. Tiens ! Tiens !.. vous permettez...

Je ne l'avais pas lu ce matin... (Il lit) Quelle affaire !...

Lisez (Il tend la lettre) :

Mon oncle est mort! je suis millionnaire.

BELLINA.

Que dit-il ?

ROBERT.

Le cher homme ! il avait oublié
De me déshériter ! Oncle dûment plié
Dans un linceul étroit, dormez en paix : mon âme
N'aura plus désormais pour vous plainte, ni blâme !
Soyez béni (S'inclinant) :
Madame... à vos ordres : je suis
Tout prêt à vous offrir mon bras.

BELLINA, Reculant.

Monsieur...

ROBERT.

Je puis

Venir à vos jeudis, et je ferai sans peine
Quatre jeudis et plus dans la même semaine.

BELLINA.

Mais, monsieur !...

ROBERT.

Je reviens à mon rêve perdu :
Je ne suis plus sifflé ! je ne suis plus pendu !

Je n'ai plus pour collier la misère importune !
Et je mets à vos pieds ma vie et ma fortune.

BELLINA, ironiquement.

Monsieur ! allez vous pendre, allez ! la corde attend.

ROBERT.

Pourquoi railler ainsi ? Vous m'aviez dit pourtant
Que vous aimiez un peu l'inconnu, le poëte !

BELLINA.

En rêve.

ROBERT.

          Mais alors la déroute est complète !
Et que m'importe à moi ce malheureux trésor ?
Qu'est-ce que je ferai, Seigneur ! de tout cet or ?
Je m'en moque : c'est vous, c'est vous seule que j'aime !

BELLINA.

Bah ! vous pourrez résoudre à loisir ce problème.

ROBERT.

Mais fixez un délai... pas trop long toutefois.

BELLINA.

Eh bien ! nous parlerons de cela dans six mois.

Robert va à l'arbre et en détache la corde.

Que faites-vous ?

ROBERT.

La corde... et que le ciel m'écoute !...
La corde de pendu porte bonheur.

BELLINA.

J'en doute.

ROBERT.

J'y crois ; et l'avenir ne me trompera pas.

BELLINA.

Nous verrons bien.

On sonne.

Allons ! Offrez-moi votre bras.

Exeunt.

TABLE

PARIS. — Impr. J. CLAYE. — A. QUANTIN et Cᵗ, rue Sᵗ-Benoît.

A. Quantin imprimeur

S.Benoit. — 7.à Paris